LA PETITE ROBE ROUGE

© 2022 Dominique Toutain

Édition : BoD - Books on Demand
Impression : BoD - Books on Demand,
Norderstedt, Allemagne

ISBN : 978-2322399826
Dépôt légal : avril 2022

Dominique Toutain

LA PETITE ROBE ROUGE

Nouvelle

Emilie a tout misé sur le rouge,
La bille est lancée, personne ne bouge.
Il y aura des comblés et des déçus,
Les jeux sont faits, rien ne va plus.

Photo de couverture :
Georges Hodan « Sleeping Town »

EMILIE

« Pauvre Emilie ! » C'est tout ce dont je me sens capable : répéter « pauvre Emilie », assise sur ce banc de bois foncé et scellé au sol, les épaules voûtées, les yeux rivés sur un trombone qui a échoué ici, près de mon pied gauche. Pauvre Emilie vraiment !

Comment me suis-je retrouvée là ! Ce n'est pas un tribunal, c'est une ruche. Du brouillard cotonneux dans lequel je me suis réfugiée, me parviennent quelques bribes de conversations. L'assemblée murmure et sert de fond sonore. L'avocat général, droit devant moi, semble perdu dans ses papiers, feuillette nerveusement ses dossiers, et de temps en temps, pose sur moi ses yeux noirs et suspicieux, malgré un strabisme déconcertant. L'avocat de la partie civile se rengorge dans son fauteuil, jouant avec ses manches trop longues, comme s'il allait prendre la parole d'une minute à l'autre. Mon avocat, situé à ma gauche, met de l'ordre dans ses notes à grands coups de stylo rouge.

L'huissier, raide comme la justice, réclame le silence. Le président, à ma droite, entouré de ses deux assesseurs, a pris la parole, l'air sévère de circonstance, mais le ton juste comme le préconise sa fonction.

Je risque un œil, délaissant provisoirement mon trombone, pour prendre la mesure de la scène qui se joue autour de moi. Les six jurés me fixent d'un regard avide de réponses, muets et prenant des notes, hochant la tête, notifiant par là qu'ils ne ratent aucune phrase prononcée et prennent leur rôle très au sérieux.

L'atmosphère est tendue, et le lieu deux fois centenaire y est pour beaucoup. Les murs ne savent pas parler, et c'est une bénédiction, car s'il leur venait cette opportunité, ils diraient toutes les sentences de mort qu'ils ont supportées, toutes ces peurs qui ont ruisselé, toutes ces condamnations qui ont fait pleurer les pierres. Alors ils se taisent, respectueux de chaque audience nouvelle, espérant la clémence, l'apaisement des tensions, la repentance peut-être, et le pardon pourquoi pas.

Je replonge vers le bout de ma chaussure. Est-ce possible que tout ce petit monde soit là pour moi ? C'est la première fois qu'il y a tant à dire sur ma personne ! C'est vraiment trop d'honneur ! Malgré moi, un sourire amer se dessine sur mes lèvres. Mais qu'ont-ils donc à raconter ? Je sais bien que l'heure est grave et que mon avenir se joue ici, en ce moment, mais je n'arrive plus à fixer mon attention. Je n'arrive pas à écouter. Je n'entends plus, plus rien, à part le bruit de la sonnette de mon appartement, c'était le premier mai… bientôt trois ans déjà…

***

J'ai ouvert la porte de mon appartement, dans lequel je venais d'emménager, et c'est là que je l'ai vue pour la première fois. Elle était toute menue, mais se tenait bien droite pour son âge que je jugeais avancé, tout sourire, le bras tendu sur un brin de muguet qu'elle m'a mis sous le nez en disant :

— Voilà ! C'est le 1er mai, personne ne viendra me le souhaiter, alors comme vous êtes ma nouvelle voisine, permettez-moi de vous offrir ce petit brin porte-bonheur !

Tu parles d'un porte bonheur ! Si j'avais su qu'il m'enverrait au tribunal trois ans après !

En attendant, nous sommes devenues tout de suite amies avec Lucienne. Elle ne voyait plus sa fille unique, ni ses petits-enfants. De mon côté, j'étais orpheline depuis très longtemps, par l'intervention inattendue d'un junkie brûlant un stop devant la berline parentale. Mes grands-parents avaient, eux aussi, quitté ce monde de misère, les uns de chagrin, les autres d'épuisement, dès mon départ, ma majorité obtenue.

A croire que nous étions faites l'une pour l'autre. Pendant cinq mois, nous nous sommes vues tous les jours. Le soir, en rentrant du bureau, je passais prendre un thé chez elle. Au bout d'une semaine, je ne sonnais plus. Ma tasse était prête, la théière fumait, et un petit gâteau patientait sur une assiette à dessert. Lucienne m'attendait comme le Messie. Elle m'écoutait régler mes comptes avec la terre entière. Tout y passait ! Les collègues jaloux, le patron aux mains baladeuses, même la machine à café en panne ; bref, elle m'écoutait comme une dévote pendant l'homélie. Parfois, elle ponctuait mes récits d'assentiments feutrés, ou de gestes réprobateurs, rejouant les scènes et leur donnant un panache héroïque, d'où je sortais toujours de façon victorieuse. Puis nous nous séparions, mais il n'était pas rare qu'elle revienne en soirée, toquer à ma porte, pour prendre une tisane. Elle me racontait alors les nouvelles du quartier, son altercation avec le boucher à propos de la tendreté de son steak de la veille, sa découverte d'une nouvelle marque de yaourts, ou le grave manquement à lui rendre son bonjour, du vieux garçon du 5ème.

Le samedi, par tous les temps, c'était promenade au parc, et le dimanche, cinéma dans la petite salle souvent déserte du coin de la rue. Nous formions une vraie petite famille recomposée.

Jusqu'à ce jour d'octobre, où je l'ai trouvée à l'heure du thé, assise à sa table, en robe de chambre, coiffée avec un pétard, les yeux fixés sur une enveloppe qui trônait sur la toile cirée, en lieu et place de la coutumière théière. Sa fille d'Australie avait perdu son travail ou était en passe d'être licenciée. Elle se retrouvait dans le besoin et lui demandait des comptes. Il était question de notaire, d'appartement, de succession, de droits, de je ne sais quoi encore. En tout cas, le fait notable était qu'elle arrivait le lendemain pour mettre de l'ordre dans les papiers.

Alors l'apathie a subitement fait place à l'hystérie. Elle s'est mise à hurler que sa fille pouvait toujours venir, qu'elle n'aurait rien ! Que ses affaires étaient faites depuis belle lurette, et qu'elle ne pouvait prétendre à quoi que ce soit, après toutes ces années à la traiter comme une vieille chose inutile. Ses yeux étaient exorbités, la bave lui venait aux lèvres, comme la rage monte aux commissures de la gueule d'un chien.

Elle m'a prise alors par le revers de mon chemisier, comme un catcheur qui va vous jeter sur le tapis, et a planté des yeux furibonds jusqu'au fin fond de ma rétine :

— C'est toi que j'ai couchée sur mon testament ! Elle n'aura que les miettes cette fille indigne ! Depuis que j'ai perdu mon cher mari, jamais elle ne s'est souciée de ma personne de mère ni de grand-mère !

Son regard lançait des flammes effrayantes, alors que je ne lui avais connu que douceur et pondération. Pourtant une phrase restait imprimée plus précise que les autres dans mon cerveau : « C'est toi que j'ai couchée sur mon testament ». Elle continuait de vociférer, mais quelque chose s'était bloqué dans ma tête. Était-ce possible qu'elle dise vrai ? Avait-elle vraiment pris des dispositions légales en ma faveur ? Personne n'avait jamais eu ce genre de largesse envers moi par le passé. C'est comme si j'étais devenue quelqu'un. Une personne digne d'intérêt et de respect. C'était un fait nouveau et appréciable. Une vraie révolution.

J'existais donc, comme un individu à part entière, ayant une place dans la société, pouvant prétendre à un rôle concret dans l'organisation de la sphère humaine. J'avais acquis une notoriété telle, que je pourrais prétendre à une récompense sonnante et trébuchante le moment venu. Je n'avais rien avalé, pas même une goutte de thé, mais avais l'impression d'avoir avalé un litre de cognac, tant la tête me tournait. Cette révélation, dite sous le coup d'une émotion intense, résonnait comme le glas dans ma pauvre cervelle léthargique.

J'ai passé la soirée à essayer de la calmer. J'ai insisté pour qu'elle mange un peu. Elle a transformé l'assiette en soucoupe volante, et les couverts en projectiles. Seul un couteau orphelin semblait perdu sur la toile cirée. En balayant la table d'un revers de main, elle s'est entaillée la paume avec l'éclat d'un verre, qui lui non plus n'avait pas survécu au tsunami. Du sang a coulé le long de la table de cuisine. Et je ne sais pas pourquoi, de me voir là, si désemparée, les bras ballants, ça l'a calmée d'un coup.

Elle a subitement repris conscience que j'existais, s'est levée d'un bond, m'a prise dans ses bras, m'a serrée à m'étouffer. Puis elle a mis ses mains froides de part et d'autre de mon visage, et plantant son regard au fond du mien, comme une épée acérée, elle m'a dit d'une voix subitement posée mais ferme :

— Emilie, je n'ai qu'une fille, c'est toi. Ne l'oublie jamais !

Puis, elle m'a demandé de rentrer dormir, m'a assuré qu'elle se sentait mieux, et que tout irait bien désormais.

Je suis retournée chez moi, j'ai pris une douche car j'avais du sang sur les joues et mes vêtements étaient souillés. Je me suis dit que je les laverais plus tard. Je suis tombée sur mon lit comme une masse.

Le lendemain des policiers sont venus me chercher sur mon lieu de travail. Et le cauchemar a commencé. S'en sont suivis trois jours de garde à vue. Les enquêteurs m'ont lu mes droits, m'ont proposé un avocat commis d'office, et m'ont posé des questions en rafale, je n'avais pas le temps de respirer. Cette histoire de sang sur mes vêtements les intriguait, ainsi que notre amitié soudaine et fusionnelle. J'ai eu beau clamer haut et fort mon innocence, ma version des faits n'a pas totalement convaincu le procureur. Il est vrai que notre couple avait de quoi surprendre. Cette entente si soudaine, et ce testament en ma faveur faisaient naître des questions auxquelles je n'avais pas de réponses.

Puis, j'ai été mise en détention. En cellule, en prison, en enfer. Les portes métalliques ont claqué dans mon dos comme une lame de guillotine. La vie carcérale ressemble à un univers postnucléaire. Vous êtes entourés de zombis pâlichons évoluant dans une nature bétonnée. La seule herbe que vous côtoyiez, est introduite clandestinement et se fume, afin de mieux transformer l'espace restreint en périmètre acceptable. Mes codétenues donnent pour la plupart, l'impression d'être résignées. Les nouvelles se remarquent à leur attitude hébétée. Je n'échappe pas à la règle. Les anciennes, dont le sort est scellé, prennent un malin plaisir à prédire un séjour à rallonge aux novices en attente de procès.

Un jour, mon nom résonne dans le haut-parleur nasillard. Je fais la connaissance de mon avocat. Sa silhouette s'encadre dans la porte, et son air gauche ne me remplit pas de confiance en l'avenir. Pourtant, le courant passe bien entre nous, et il obtient rapidement ma mise en liberté. Il a fait valoir la multiplicité des empreintes digitales retrouvées sur place, et la découverte d'un journal intime, dans lequel Lucienne confiait son désir de réaliser enfin le grand voyage qu'elle n'avait jamais pu faire. Ma responsabilité se trouve enfin mise en doute. Je rentre chez moi, ivre de liberté, épuisée par l'expérience crasseuse, et la cohabitation imposée et bruyante.

La police avait fouillé mon appartement avec une application zélée, et les scellés avaient été posés sur la porte de Lucienne.

***

Je suis toujours dans du coton. Tout me parvient difficilement, les bruits, les mots, les odeurs et même les sentiments. Mon avocat, petit homme maladroit et tout rond, à la calvitie précoce et aux joues de bambin biberonné à la farine, me donne un coup de coude, et je sursaute. D'un mouvement de menton enrobé, il me signifie que le juge s'adresse à moi. Celui-ci, le buste penché en avant, s'attend manifestement à une explication de ma part.

Un coup d'œil devant moi : l'avocat général est en train d'écrire, la tête penchée, probablement afin de domestiquer ses yeux baladeurs. A gauche, mon défenseur me fait signe de parler. En face de moi, un peu sur la droite, le jury est tendu. Tous me dévisagent et le public s'est tu. Il règne un silence pesant et lourd d'attente. Le coton qui m'enveloppe de sa gangue feutrée a envahi ma bouche. Je me dresse tant bien que mal sur les guimauves qui me servent de jambes, comme une somnambule.

Le juge, tronqué derrière son lourd rempart de bois sculpté, se gratte la gorge et déclame d'une voix que l'autorité a modelé :

— Mademoiselle Lamoureux ! Vous savez pourquoi nous sommes réunis aujourd'hui ? Certainement pas pour prendre le thé avec des petits gâteaux !

Je suis parcourue par un frisson.

Très content de son effet, le juge se renverse sur un fauteuil grinçant, parcourant du regard la salle, d'où s'élèvent des rires et des bruits de chaises.

J'arrive à articuler un timide : « non, non, bien sûr Monsieur le juge. »

— Monsieur le président !

— Pardon. Non, Monsieur le président.

Je surprends du coin de l'œil, le visage hilare d'un homme au premier rang, qui immortalise la scène sur un carnet à croquis.

— Puis-je vous rappeler Mademoiselle Lamoureux, que vous êtes ici aujourd'hui, pour répondre du meurtre sur la personne de Madame Lucienne Ledent, 82 ans. Les faits se seraient déroulés dans la nuit du 12 au 13 octobre 2018. Comme vous manifestez visiblement plus d'intérêt pour le bout de vos chaussures que pour cette Cour, je vous rappelle les faits :

— Madame Ghislaine Gibson, fille de Madame Ledent, s'est présentée au domicile de sa mère le 13 octobre. Ayant trouvé l'appartement désert, et un certain désordre dans la cuisine de celle-ci, elle a immédiatement prévenu les forces de l'ordre.

Il lance un regard dégoulinant de compassion vers la fille de Lucienne, qui essuie le coin de son œil sec avec un mouchoir en papier.

« Du sang ! Vous entendez Mademoiselle Lamoureux ! » martèle-t-il en pointant un doigt vengeur dans ma direction.

Il poursuit :

— Il a été fait état de présence de sang dans sa cuisine, lequel sang a été maladroitement essuyé, et ce même sang, retrouvé chez vous, sur vos vêtements déposés dans la salle de bain !

Une pensée me traverse l'esprit : ça fait beaucoup de sang pour une coupure !

Le président reprend son souffle, et poursuit :

— L'enquête de voisinage a révélé une certaine fréquence de vos relations, pour ne pas dire, une intimité certaine. De plus, le rapport de police révèle la présence d'un testament rédigé en votre faveur ! Vous avouerez, Mademoiselle, que les faits vous accablent ! Je n'aurai qu'une question : qu'avez-vous fait du corps ?

Puis, son buste se laisse retomber sur le dossier, qui grince de douleur.

Une envie terrible d'éclater de rire monte en moi, provoquée par mes nerfs mis à vif. A moins que ce ne soit une envie de pleurer ! Je croise le regard accusateur de la fille biologique, enflé de rancune meurtrière. Je me sens soudain acculée, comme un animal pris au piège. Et je m'entends hurler : « Lucienne ! Je t'aime ! »

Inutile de vous dire, qu'après cette sortie, une période de sidération a figé l'assistance, puis un brouhaha s'est élevé, obligeant le président à jouer du maillet, pour enfin suspendre la séance.

Puis, se sont succédé les expertises psychiatriques en tout genre. Je n'ai d'ailleurs pas pu expliquer ma réaction. J'ai mis ça sur le compte de la pression énorme des derniers jours. Les préparatifs du procès, la disparition de Lucienne, puis cette histoire de testament qui continue de me brouiller la cervelle. Vraiment tout plaidait en ma défaveur. Un vrai cas d'école pour l'avocat général ! Du pain béni !

Seulement voilà. Trop de preuves tuent les preuves.

***

Retour à la Cour, l'audience a repris. Il n'y a pas de témoins à auditionner. Le président s'enquiert de ma santé avec un petit sourire condescendant. Le greffier lui communique les résultats de mes différents tests d'aptitude psychologique, et devant mes bons résultats, finit par me demander si j'ai réussi à bien me reposer. Son visage anguleux se fend d'un sourire mécanique, qui me rappelle la vendeuse de prêt à porter qui m'informe qu'elle n'a plus ma taille, mais que le modèle plus grand m'ira à ravir. Je suis incapable de lui rendre son rictus, et me contente d'un sobre hochement de tête.

Mon avocat fouille fiévreusement parmi son monticule de papiers, et tend victorieusement du bout de sa main potelée, toute une correspondance échangée entre la mère et la fille : un tissu édifiant de reproches et d'insultes, de rancœurs et de menaces. Le jury ne met pas longtemps à mesurer le désastre de la relation mère/fille. Il est vite établi que nous avons tissé, Lucienne et moi, des liens de grand-mère et petite fille, afin de combler le vide abyssal qui était en nous.

La parole m'est enfin donnée, afin de savoir ce qui s'est réellement passé dans cette cuisine. J'explique alors avec difficulté, à grand renfort de gestes, le transfert d'hémoglobine lors de notre étreinte, et le coup d'éponge rapide, donné par une Lucienne épuisée par les événements de la journée. Je m'aperçois alors, que j'ai revêtu une robe rouge, qui n'est pas du meilleur effet. J'ai dû me laisser impressionner par les ratures au stylo rouge de mon avocat, quand, indécise devant ma très modeste garde-robe, il m'a fallu choisir comment me vêtir. Je me laisse retomber sur mon banc, à demi protégée par mon imposant défenseur.

L'avocat des parties civiles déclame sa partition d'une voix grave, avec emphase et grands effets de manches, mais semble-t-il sans grande conviction. Puis l'avocat général hurle son réquisitoire, un œil sur moi, un autre vers le président. Son handicap visuel est décidemment très perturbant. Devant l'assistance médusée, il s'adresse au jury et demande quinze ans de réclusion. Il se rassoit, satisfait de sa prestation, ses deux billes roulant furieusement, et indépendamment l'une de l'autre dans les orbites. Je pâlis, et me tasse sur mon banc, écrasée par la sentence demandée. Le temps s'arrête brutalement, mais autour de moi, le film se déroule inlassablement. La mécanique bien huilée de la justice suit son cours, et mon sort ne semble pas bouleverser outre mesure les protagonistes, rompus à ce genre d'exercice. Pourtant, mon sang a quitté mon corps, je me couvre de sueur, je sens les tremblements gagner mes extrémités. Il faut que je me calme. Je sens la pâleur s'emparer de mon visage. Le contraste avec ma robe doit être saisissant. Je dois ressembler à une grosse glace vanille fraise prête à fondre.

Puis mon avocat se lève lentement, bousculant les chaises adjacentes, afin de permettre à son gros corps de se mouvoir à l'aise, et débuter sa plaidoirie dans un espace adéquat.

Ma version concernant le sang retrouvé dans la cuisine et sur mes vêtements, s'étant révélée plausible, mon défenseur se lance confiant dans l'arène, prenant les jurés à témoin :

— Mesdames, Messieurs, mais regardez donc Emilie ! Voyez-vous en elle un monstre sanguinaire ? (comme je regrette ma robe rouge !) Cette jeune fille sans histoires, qui, à 23 ans a déjà perdu toute sa famille ! Plus de parents trop tôt disparus dans un terrible accident de voiture ; plus de grands-parents pour lui apporter le réconfort qu'elle est en droit d'attendre en pareille circonstance. Pas de frères ni de sœurs, pour cheminer à ses côtés le long de la terrible route parsemée d'embûches qu'est la vie... Et puis, cette bonne grand-mère d'adoption, qui lui tombe du ciel, qui la gâte enfin, qui comble un peu le vide sentimental de cette pauvre enfant ! Pourquoi, Mesdames et Messieurs les jurés, voudriez-vous qu'elle s'en prenne à la vie de sa bienfaitrice, cette mamie-gâteaux qui l'attend tous les soirs autour d'une tasse de thé ?

Imaginez le jury en pleurs ! Même le juge a reniflé discrètement. Très fort l'avocat ! Je ne misais pas ma chemise sur ce cheval, pourtant il passe la ligne comme un champion. Et le corps ? Toujours pas de corps ! Pas le moindre petit cadavre ! Ça compte ça !

Je me détends un peu...

— Mademoiselle Lamoureux, vous avez la parole. Voulez-vous ajouter quelques chose ?

— Non, Monsieur le président. Sauf que Lucienne me manque. J'aimerais qu'elle réapparaisse et que nous reprenions nos habitudes...

J'aperçois du coin de l'œil le regard assassin de la Gibson qui se retient de me sauter à la gorge. J'évite soigneusement de la regarder de peur d'être foudroyée sur place.

Le jury s'est retiré pour délibérer. J'attends dans un couloir froid, flanquée de deux gendarmes mutiques. Mon avenir se joue dans une salle pas très éloignée, certainement chauffée, malgré la hauteur sous plafond. J'imagine le président en train de réexpliquer les faits, de parler d'intime conviction, à des citoyens lambda, coiffeur, dentiste ou mère au foyer, parachutés sur une planète inconnue, entourés d'extra-terrestres parlant une langue étrangère.

J'ai froid. Non seulement j'ai manifestement manqué de clairvoyance concernant la couleur de ma robe, mais en plus, elle est trop légère. Si je sors d'ici, je la brûle ! Je jette un œil sur mes cerbères. Ils n'ont pas l'air de geler. La glace est en moi. J'ai mal aux mâchoires à force de ruminer le silence.

Ça y est, il est temps de regagner ma place. Le verdict va être prononcé. Je suis de nouveau assise sur mon banc. Je ne sais pas si j'y suis venue seule, ou si l'on m'a portée, mais mon corps est en place. Avec un effort surhumain, je parviens à reconnecter mon cerveau, car l'heure est grave.

La sonnette retentit. L'huissier se rengorge :« La Cour ! » Tout le monde se lève. La main invisible de mon subconscient m'a propulsée à la verticale. Le président, procède à la lecture du verdict. Il n'y a plus un bruit dans la salle d'audience. Tous les yeux, sauf un, évidemment, sont dirigés vers le trait mince qui laisse filtrer les mots comme à travers les branchies d'un mérou asthmatique. L'australienne a le regard mauvais, le caricaturiste suspend son stylo, et les jurés me regardent. En une fraction de seconde, je me souviens avoir lu quelque part, que lorsque les jurés regardent leurs chaussures, le verdict est mauvais ! Donc s'ils soutiennent mon regard, c'est bon signe ! Je m'y accroche comme une moule à son bouchot. A moins qu'ils soient en train de critiquer mon manque de goût vestimentaire.

Acquittée !

Les autres mots, les autres phrases n'ont pas franchi la barrière de ma compréhension. Seul ce mot a cheminé vers le cerveau et a nidé instantanément.

Il a été établi que la brave Lucienne s'en est allée cacher sa peine à l'autre bout du monde, où elle tente d'oublier l'ingratitude de ses enfants, et qu'elle ne manquera pas de réapparaître un de ces jours. Le jury a donc fait valoir la présomption d'innocence, le manque de preuves, l'absence de cadavre, et l'arrêt a été rendu. C'est ainsi que j'ai été libérée sur le champ, au grand dam de la fille de Lucienne, qui est repartie partager sa frustration avec ses kangourous.

Dès la sortie du tribunal, sans perdre de temps, j'ai fui, à bord de ma voiture, la pression médiatique, et me suis réfugiée au bord de la mer, dans cette petite maison qui me vient de mes parents. Elle est très agréable cette petite maison. Je n'en ai pas beaucoup profité jusque-là, et pourtant elle n'est qu'à une heure trente de mon appartement. C'est décidé, je viendrai m'y ressourcer chaque week-end. Avant cela, je ne voyais pas trop l'intérêt de faire le déplacement. La dernière fois... c'était le soir du coup de folie de Lucienne. Lorsqu'elle a reçu la lettre de sa fille.

Ce soir-là, elle était dans un tel état de fureur contre sa progéniture, qu'elle m'a avoué son désir de disparaître pour essayer de dissoudre sa peine dans les malheurs du monde.

Elle voulait partir très loin, là où les valeurs familiales ont un sens, où la lutte pour survivre ne laisse pas de place aux mesquineries des bien-nourris. C'est à ce moment-là qu'elle m'a parlé du testament qu'elle venait de faire rédiger en ma faveur, dès la réception de la fameuse lettre, avec cette clause exécutoire si son absence durait plus de trois ans. Alors quand j'ai vu tout ce sang dans la cuisine, ce couteau... je ne sais pas ce qui m'a pris... Ainsi je suis partie dans la nuit pour cette maison, avec Lucienne... dans le coffre ! La terre du jardinet était assez meuble, je n'ai pas eu tellement de mal à creuser. La chose s'est avérée plus aisée que prévu. Je suis vite rentrée chez moi, pour m'écrouler sur mon lit, épuisée, mais avec le sentiment du travail bien fait.

Il y a 31 mois de cela. Dans cinq mois le notaire va m'appeler, c'est sûr ! Pour l'instant, je suis allongée sur ma chaise longue, dans mon petit jardin, devant un parterre de fleurs (des roses rouges ! les préférées de Lucienne,) une flûte de champagne à la main, la bouteille à mes pieds.

« A ta santé Lucienne ! On n'est pas bien, là, toutes les deux ? »

LE JUGE

Lorsque je suis rentré chez moi ce soir-là, ma main s'est attardée sur la clenche, avec une furieuse envie de courir dans le premier bistrot pour vider une pinte de bière. Au lieu de cela, le poids de l'habitude a pesé sur mon poignet, et la porte a cédé sous la poussée de la routine. En retirant mes chaussures, mon manteau et mon chapeau, j'ai lancé le traditionnel « bonsoir maman ! C'est moi ! ». Et j'ai reçu le non moins traditionnel « hum » en retour.

J'ai fait le tour de l'appartement silencieux, afin de vérifier la place des objets. J'aime que les choses soient à leur place. Vous déplacez un bibelot, et l'espace est désorganisé, l'atmosphère est changée. J'aime l'ordre, et la constance de l'environnement me rassure, me calme les nerfs. La cuisine est correctement rangée, sur le guéridon du couloir rien n'a bougé. J'entre dans le salon où le spectacle familier de ma mère, les yeux rivés sur le petit écran de télévision, s'offre à moi. Machinalement, je réajuste légèrement la couverture qui semble vouloir s'échapper des genoux cagneux, et dépose un baiser léger sur la joue plissée. Instinctivement, j'augmente de quelques décibels ma voix habituelle :

— Que regardes-tu ?

— ...

— Tu veux que je mette le son ?

— A quoi bon ! Tu sais bien que je deviens sourde !

Je me détourne mais je sais qu'elle hausse les épaules. Je me dirige vers la cuisine, je prends dans le réfrigérateur l'assiette froide que l'aide-ménagère a préparée pour moi. De retour dans le salon, je m'assieds sur le canapé, à côté d'elle. Je regarde machinalement les images muettes sur la vie sauvage des animaux aphones qui hurlent en silence dans la jungle de Tanzanie, tout en mastiquant avec application mon poulet mayonnaise. Alors que la hyène tachetée se rapproche inexorablement du phacochère, je sursaute en entendant la voix à côté de moi :

— Comment s'est passée ta journée ? La petite a été condamnée ou pas ?

— Non. Elle a été acquittée.

— Pfff. Je suis sûre qu'elle est coupable !

Je la regarde d'un air mi-intrigué, mi-amusé.

— Je ne vois pas ce qui peut te faire penser ça !

Elle plante ses yeux dans les miens. Son regard est effrayant d'intensité.

— Sa tête ! Je le vois à sa tête ! Je l'ai bien regardée à sa sortie du tribunal aux informations régionales ! Elle a tué la pauvre vieille et vous a bien eus ! De plus, sa robe était rouge de honte ! C'est la preuve !

La couverture glisse le long de sa jambe décharnée, et laisse apercevoir le haut de sa chaussette en nylon. J'ai toujours eu horreur de ces mi-bas qui coupent la circulation sanguine sous le genou, mais il paraît que les collants lui brident le ventre, alors... Je me lève pour réajuster le cache-misère.

— Les jurés ont tranché maman. Et puis tu sais, sans preuves on ne peut rien faire. Mais, je te trouve un peu dure ! On ne juge pas les gens sur leur mine ! Un procès c'est réglé comme du papier à musique. Pas de corps, pas de preuves, que veux-tu faire ? Et à part cela, je crois pouvoir dire que la « vieille » était plus jeune que toi !

— Elle vous a bien bernés la gamine ! murmure-t-elle en guise de conclusion.

J'ai terminé mon frugal repas. Les mains sous l'eau du robinet, je frotte mon assiette mécaniquement, un léger sourire aux lèvres. Ma mère a toujours eu un avis tranché sur toute chose, malgré cela, je ressens un léger malaise. Et si elle disait vrai ? Je secoue la tête. C'est toujours pareil lorsqu'un procès se termine, les idées contradictoires m'assaillent. La seule chose à faire dans ces moments-là : me retirer dans ma chambre et écouter la septième symphonie de Beethoven. J'ai déjà les premières notes en tête, lorsque je suis interrompu dans ma progression par un ton qui ne tolère aucun bémol. Ludwig van va devoir patienter. Malgré moi je soupire, et remets les quarante minutes de bonheur à plus tard.

— Maman ?

— Viens près de moi ! Je n'ai vu personne de la sainte journée, sauf cette empotée d'Henriette, qui n'a aucune conversation à part ses démêlés avec la crémière et ses fins de mois difficiles. Qu'est-ce que j'y peux moi ? Je suis collée à ce fauteuil du matin au soir ! Elle n'a donc aucune pudeur ? Elle court partout, va faire les courses, voit des gens, et elle se plaint ! Si encore elle allait au théâtre ou au musée ! Elle pourrait me faire un compte-rendu intéressant ! Mais me tenir la jambe avec le prix des paupiettes ou la cirrhose de son mari, c'est un comble !

— Au moins, elle te tient compagnie et s'occupe de l'appartement. Ça me rassure de la savoir avec toi. Et puis elle est de confiance !

— De confiance ? Tu crois que je ne la vois pas mettre le restant de pain dans sa poche ? Oh ! mais je lui ai dit l'autre jour ! Je n'ai pas eu peur ! Ils seront certainement bien élevés ses enfants avec une mère voleuse ! Il ne faudra pas attendre longtemps avant de voir leur nom dans le journal ! Devant toi, tu vas les retrouver un beau jour ! Au tribunal ! Tu verras ce que je te dis ! Une mère cleptomane et un père alcoolique, il ne faudra pas les laisser s'en tirer ! Pas comme cette donzelle que tu as acquittée aujourd'hui ! Tu es trop mou mon garçon ! Mais où va la société avec tout ce relâchement ? Il ne faut pas s'étonner de la recrudescence de la délinquance ! La gentillesse n'a jamais rien résolu ! Du temps de ton père, ça ne se serait certainement pas passé comme ça ! Lui c'était un bon juge ! Et ce n'est pas parce que tu t'obstines à mettre son chapeau que tu lui ressembles !

Je ne peux m'empêcher de lever les yeux au ciel en entendant cette litanie. Je les connais par cœur ses admonestations. Je pourrais finir ses phrases tant mes oreilles sont habituées aux critiques incessantes. Ma mère est une personne aigrie par la vie, par une mère trop tôt disparue, par un mari trop galant avec la gent féminine, mais qui, avec le temps est devenu un saint à la conduite irréprochable. Beethoven au secours ! Je sais que tu m'attends dans ma chambre, juste derrière ce mur de placoplâtre. Douze centimètres cinq de BA13 me séparent du plaisir. C'est peu, et en même temps infiniment inaccessible. Je ferme les yeux pour ne plus entendre ses reproches, mais contrairement à mon idole, je ne suis pas sourd, hélas. Je me lève, j'ai besoin de faire quelques pas. Ça ne l'empêche pas de continuer :

— Mais tu sais, je n'ai pas toujours été cette pauvre chose inutile ! (oui maman, je sais !) Ce corps triste qui attire plus la convoitise des racines de pissenlits que celle des beaux garçons ! (maman !...). Maintenant lorsque je me regarde, j'ai envie de vomir ! (ça y est ! la machine est lancée !)

Joignant le geste à la parole, elle tire la langue au miroir juste devant elle, qui, ne manquant pas d'à-propos, lui renvoie aussitôt la même grimace. Une main sur l'accoudoir, une main sur les reins, elle me fait face maintenant, tentant difficilement de déplier son dos arthrosique, vertèbre après vertèbre.

— Ce n'est pas à mon âge que je vais changer le monde, mais ce n'est pas une raison pour me taire ! Si ce n'est pas à mon propre fils que je peux le dire, dis-moi à qui ! (j'ai de la chance...). Ton père a toujours été trop faible avec toi, (première nouvelle !). On voit le résultat ! Une mauviette qui se laisse dicter sa conduite au lieu d'en imposer ! (merci maman...) Tu devrais avoir le tribunal sous ta coupe, et ne pas tolérer la moindre objection ! (bon, elle aurait voulu accoucher d'un dictateur !) Je ne sais vraiment pas comment tu as fait pour en arriver là ! (j'ai travaillé dur...). Si encore tu m'avais demandé mon avis, mais non ! Bien trop fier ! Monsieur le juge ne supporte pas les conseils ! (... !). Je vais me coucher, tiens ! Tout cela me dégoûte. Et je sais ce que tu penses de moi ! (ça je ne crois pas !). Je suis une vieille folle, à moitié sourde, qui ne comprends plus rien au monde, (ce n'est pas faux). Je sais bien qu'il tournera encore quand je serai partie, mais tu verras ce que je dis, de moins en moins rond, tel que c'est parti. Et rassure toi, je n'en ai plus pour longtemps. Je vais bientôt te laisser tranquille. Je suis bien sûre que tu ne me pleureras pas ! Tu seras bien débarrassé (je sens que le couplet sur l'horreur de la vieillesse va commencer) Regarde ! Je tiens à peine debout, mes mains ne portent même plus une assiette, mes doigts ressemblent à du bois mort, (qu'est-ce que je disais). Ma peau se détache des os et je dois mettre des vêtements serrés afin de pallier la démission musculaire. Mes jambes, (ah non ! pas les chaussettes !) ont pris leur retraite anticipée depuis longtemps et je risque la chute à chacun de mes pas. Et ma tête ! Tu as vu mon visage ? Non bien sûr ! Puisque tu ne me regardes jamais ! Je m'obstine à dessiner un trait sous les yeux, peine perdue ! Il disparaît sous les rides. Et pour plaire à qui ? Mes joues sont creuses et ternes, mon cou est subdivisé en je ne sais combien de plis ! Certains matins, je n'y retrouve pas ma chaîne en or. Voilà ce que je suis devenue, mais ce n'est pas ton problème ! Tu t'en fiches comme de ton premier procès ! (ça c'est faux !). Avant, tu me téléphonais dans la journée pour prendre de mes nouvelles, c'est bien fini ! Evidemment je sais ce que tu vas me dire ! Il y a Henriette ! C'est facile, tu me colles une aide-ménagère, et hop ! plus de problèmes ! Plus la peine d'appeler ! Cette incapable fera l'affaire ! C'est pratique.

Elle fait le ménage, fait à manger, ton repas aussi d'ailleurs. Tu t'es complètement déchargé sur elle ! (c'est un peu le contrat !) Et je suis obligée d'écouter la conversation d'une étrangère ! Autrefois, la famille, c'était autre chose, tu peux me croire ! Jamais je n'aurais laissé mes parents être la proie d'une intruse ! Jamais ! Tu veux que je te dise ? (oui s'il te plaît !) Tu n'es vraiment pas le fils dont j'avais rêvé ! (ah d'accord...). Ce n'est pas parce que je vis chez toi que tu fais ton devoir ! Certes tu aurais pu me mettre dans une maison de retraite. Tu ne l'as pas fait, c'est vrai, (suis-je en train de regretter ?) Mais j'en connais la raison ! (tu vas me le dire) Pour économiser l'argent d'un loyer ! (pourquoi ai-je l'impression de le payer cher ?) Tu préfères ne pas puiser dans mes économies ! Et pourquoi ? Pour toucher l'héritage ! Pour empocher le magot ! J'ai bien compris ton petit manège ! Après tout ce que j'ai fait pour toi ! (voilà le couplet sur le prix de mes études !) Quelle ingratitude ! Cela ne devrait pas être permis de rendre sa vieille mère si malheureuse. Tu ne l'emporteras pas au paradis ! Sur ce, bonne nuit ! Ne m'embrasse pas ! Nous n'en avons envie ni l'un ni l'autre. Et prie pour que je ne me réveille pas demain matin !

La porte claque, mais moins fort que les mots. C'est de pire en pire. J'en arrive à appréhender les soirées. Je ne comprends pas comment sa bouche ne s'est pas encore nécrosée vu tout le venin qui s'en déverse. C'est comme un abcès qui n'en finit pas de suinter. A qui en veut-elle le plus ? A moi ou à la vie ? En tout cas, le bouc émissaire c'est bien ma petite personne. J'ai l'habitude de ce genre de sorties, mais ce soir, j'avoue que ma mère était particulièrement en forme. Malgré moi, je suis resté sur place, ne sachant quelle posture adopter, le dos légèrement voûté par le poids de la sentence. Que dis-tu de ton procès petit juge ? Tu acquittes le matin, et tu es condamné le soir. Quelle ironie. Les mains jointes dans le dos, comme un gamin puni, je vais sagement éteindre la télévision, tapoter les coussins afin de leur redonner un peu de gonflant. Je replie la couverture qui ne reprendra son office que demain matin sur les genoux maternels et me dirige vers la cuisine, après avoir éteint les lumières du salon.

Sous sa porte de chambre, un rai de lumière m'informe que la soi-disant moribonde a remis son trépas à plus tard, n'ayant pas terminé son roman. J'hésite à prendre un fond de vin rouge, puis repensant à mon affaire du jour, et cette robe écarlate si incongrue, opte pour un verre de Chablis, qui me paraît bien adapté à la tonalité de La Majeur. Et je m'installe enfin dans mon fauteuil de mélomane. La soirée étant bien avancée et me sentant un peu plus las que d'ordinaire, je décide de ne déguster que le deuxième mouvement de la symphonie, mon préféré. Demain, une grande journée m'attend. Je ne dois pas me coucher trop tard, afin de garder les idées claires.

A l'ordre du jour : Une histoire sordide. Je dois juger un vieux garçon qui a assassiné sa vieille mère acariâtre.

LA FILLE

— Ah ma chérie, tu es rentrée ! Tu as fait bon voyage ma Gigi ?

— La petite garce ! Elle a bien réussi son coup ! Me faire ça à moi ! Sa fille !

— Calme toi s'il te plaît ! Je ne comprends rien. Viens t'asseoir et raconte-moi. Essaie de commencer par le début, ce sera plus simple pour moi.

— Je préfère commencer par la fin : nous n'achèterons pas de camping-car ! Voilà ! Tu es content ? Tu voulais savoir ? Et bien tu sais ! Je ne toucherai rien de ma mère ! Nada ! Elle a raflé la mise ! En attendant, plus de vacances, plus de voyages. Plus d'argent ! La misère !

— Quel argent ? Qui « elle » ? Quel camping-car ? Je ne comprends rien à ton histoire. Je vais te faire couler un bain… Après je te servirai un verre de vin et tu me raconteras ton voyage. Va t'asseoir ma chérie. Bon, je t'appelle quand l'eau est à bonne température.

— Oui, oui c'est très bien ! Vas-y !

Oh forcément, celui-là ! Il ne comprendra jamais rien à rien ! Ses parents étaient fauchés, alors, il ne courait pas après l'héritage. Mais moi, je sais que ma mère a un petit bas de laine quelque part ! Elle n'a jamais voulu me dire le montant, mais quand papa est mort, ils avaient économisé une somme rondelette pour un projet de tour du monde qui est tombé à l'eau. Elle me l'a confié un soir de je ne sais plus quel anniversaire. Après la deuxième flûte de champagne, elle s'est laissée aller aux confidences. Sou à sou, elle avait mis de côté une certaine somme pendant plusieurs années, pour pouvoir enfin réaliser leur rêve. Voyager tout leur soûl ! Voir du pays, sortir de la routine. Hélas pour eux, papa était décédé brutalement quelques mois avant le grand départ. Disons qu'il était parti, mais pas dans la direction prévue. Alors forcément, après son décès, j'avais réclamé ma part ! Normal non ? Manque de chance, ils avaient fait des papiers chez le notaire, qui permettaient à ma mère de garder le patrimoine pour elle toute seule. Il faut être drôlement retors pour évincer ses propres enfants comme ça ! Je me suis renseignée, c'est légal. « Au plus vivant des deux » ça s'appelle. La loi est vraiment mal faite parfois.

Après ce coup-là, j'ai coupé les ponts. N'importe quel enfant normalement constitué aurait fait pareil ! Faut pas exagérer tout de même. Elle a bien essayé de renouer le contact, faire jouer les bons sentiments, faire valoir son droit de grand-mère. Taratata, c'est trop facile ! Elle est allée jusqu'à envoyer des cadeaux à mes enfants, certainement pour m'attendrir. Rien n'y a fait ! On a gardé les cadeaux bien sûr, puisqu'ils étaient là, et les enfants étaient ravis. Mais jamais je n'en ai révélé la provenance. Non mais quoi encore ! Et c'est cette petite pimbêche qui va hériter ? Ah elle est belle la justice !

Et puis l'avocat de la partie civile ! Quel incapable celui-là ! A battre des ailes avec ses manches, comme un pingouin bipolaire. Il aurait mieux fait de travailler son dossier. Il peut bien en faire des cocottes en papier maintenant !

Heureusement, tout n'est pas perdu ! J'ai protégé mes arrières. Pas folle la Ghislaine ! Je ne suis pas née de la dernière couvée de bisounours ! Quand j'ai senti que le vent tournait au magasin, j'ai scruté les petites annonces. Initialement j'étais vendeuse en parfumerie. Une bonne vendeuse d'ailleurs. Lorsque l'on veut passer inaperçue, mieux vaut être parfaite.

J'entends par là, ne pas faire de vague, être ponctuelle, aimable et compétente. Une perle ! Et ça n'a pas traîné. On m'a très vite confié des responsabilités. Puisque j'arrivais toujours la première, on m'a chargée de faire l'ouverture, et comme je n'étais pas pressée de rentrer le soir, j'ai fait la fermeture. Cet état de fait procure d'énormes avantages : être maître des lieux. Et c'est grisant. Ça laisse le champ libre à l'imagination. Et l'imagination, c'est ma spécialité. Alors j'ai imaginé un plan imparable. Nous utilisons toujours des flacons de parfum de démonstration. Lorsqu'une cliente a terminé ses emplettes, après le passage en caisse, nous proposons de la parfumer. Donc il reste toujours à disposition des flacons entamés. Et moi, il ne me reste plus qu'à les subtiliser avant qu'ils ne soient entièrement vides. Avec les reliquats je refais des flacons pleins et hop ! je les revends sur un site spécialisé, le tour est joué. Je commençais à avoir une petite notoriété, quand l'un des acheteurs a émis des doutes sur la provenance de la marchandise. Sentant le vent tourner, j'ai démissionné, prétextant un mari jaloux, qui ne supportait plus mes horaires de travail à rallonge.

Je me suis donc jetée sur les petites annonces, afin de me trouver un avenir professionnel. Et, très vite, j'ai remarqué que des personnes âgées, lasses de solitude, cherchent des dames de confiance pour les aider lors de tâches quotidiennes. C'était du sur-mesure pour Gigi ! Je me suis donc présentée chez une petite mamie adorable, se disant comtesse, absolument ravie de me voir secouer ses vieilles dentelles et animer l'atmosphère lourde de naphtaline. Elle était de surcroît française, ce qui ne gâtait rien. J'avais fait quelques essais, mais l'une était trop loin du gâtisme, et l'autre de couche sociale équivalente à la mienne. Aucun intérêt. Le courant est passé tout de suite avec Eléonore Saint Pierre du Châtel, et la confiance s'est installée naturellement. J'ai eu accès à la cuisine, puis au reste de la maison, et très vite à tous ses tiroirs. Ce n'était pas une mauvaise femme, plutôt une vieille enfant, habitée de son rang, et persuadée que la révolution s'était arrêtée à la grille de sa propriété. Elle m'appelait « ma fille » avec un ton traînant et s'étonnait quotidiennement que je vienne travailler en jeans. Tous les jours, elle me sonnait à 17 heures pour lui servir le thé, n'y touchait pas, mais devant mon étonnement, m'assurait que ce rituel était une obligation due à son noble statut. Elle avait toujours eu horreur de ce breuvage, mais jouissait à présent de la liberté de n'y point tremper les lèvres. Ce devait être un genre de petite rébellion chez elle, une petite victoire sur les traditions, peut-être un pas vers l'abolition des privilèges. Elle semblait jouer un personnage de théâtre. Sa façon tellement snob de s'adresser à moi, ressemblait à un rôle de composition. Elle aurait voulu se libérer de son corset aristocratique, mais ne trouvait pas les lacets pour le desserrer.

Ce petit jeu de comtesse et de femme de chambre aurait pu durer le temps de la certitude que la lignée s'arrêtait à Eléonore, et que la procuration sur le coffre était bien dans le tiroir du haut de la commode. Mais j'ai préféré ne pas précipiter les choses, afin de ne pas éveiller de soupçons, et j'ai continué à donner le change. La signature n'a pas été très difficile à obtenir. Je suis allée faire le nécessaire auprès de la banque, et j'ai glissé le papier parmi les factures à acquitter. Ni vu ni connu. Chez moi, j'ai cherché un endroit sûr, afin de cacher le précieux sésame vers la fortune. D'après ma patronne, et selon ses termes, il y avait « de quoi nourrir une poule et ses poussins pendant plusieurs vies ». J'ai fait plusieurs fois le tour de ma demeure, et me suis dit que la meilleure cachette serait dans les affaires de mon mari. Il possède une boîte à chaussures dans laquelle il garde quelques trésors de sa jeunesse. Il n'y va jamais, et l'attestation ne prend pas de place, entre un morceau de grès rose, souvenir d'un voyage à Perros-Guirec, et un brevet de secouriste.

Cependant, le doute s'est installé dans ma tête, et je me suis demandé si « de quoi nourrir une poule et ses poussins » ne se résumerait pas à une poignée de maïs. Et si la pauvre vieille avait oublié la valeur de son magot ? Il me fallait assurer mes arrières. C'est alors que j'ai repensé à ma mère, et ai décidé d'aller mettre un peu d'ordre dans ses papiers. En étant très persuasive, je devais pouvoir obtenir un résultat. Je voulais rester avec elle le temps nécessaire à la vérification de ses dires. Ses papiers notariés étaient-ils véridiques ? N'avais-je vraiment aucune chance de toucher ma part ? Ma décision d'entreprendre ce voyage vers la France a été vite prise. Quelle n'a pas été ma surprise de trouver sa maison vide ! Quand j'ai appris que cette petite peste était une habituée des lieux, mon sang n'a fait qu'un tour. Je suis rentrée chez moi bredouille, mais décidée à me battre pour mes droits filiaux. J'ai immédiatement porté plainte contre cette usurpatrice dès que j'ai eu vent de ce testament en sa faveur. Comme ça, une intuition, les gens malhonnêtes, je les repère tout de suite, question de flair.

Eléonore a mal supporté mon escapade semble-il. La pauvre petite chose de soie et de dentelles, s'est sentie abandonnée, et j'ai décidé de reprendre mon poste. Après tout, la place était bonne et rien ne pressait. Alors, j'ai attendu. Plusieurs mois se sont écoulés, et se sont transformés en années. J'ai été très patiente. La comtesse vieillissait doucement mais sûrement, ce qui m'a permis de récupérer quelques billets de banque oubliés entre des piles de draps, sans éveiller l'attention. C'est fou comme les personnes âgées aiment disperser leurs économies ! On en trouve dans les chaussettes, dans des gants de toilette, et toujours un peu sous le matelas, qui reste l'endroit le moins sûr mais historiquement le plus utilisé, comme la clé sous le paillasson.

Ma vie commençait à sentir le chêne et les vieux tapis, lorsque le tribunal m'a fait parvenir une convocation. Deux ans et demi que j'attendais ça. Ainsi, je me suis envolée vers la France, pleine d'espoir... Hélas, la petite garce a été libérée, pas de trace de ma mère, fiasco total. Cette espèce de petit chaperon rouge va toucher le jackpot à ma place. Heureusement qu'il me reste mon plan B, dont je ne suis pas peu fière. Je suis rentrée chez moi au galop, comme un cheval qui sent l'écurie.

Me voici donc revenue dans mes murs, encore sous le coup de la déception. Mais il va être temps de se tourner vers l'avenir. J'ai été un peu dure avec mon mari tout à l'heure ! Il va pouvoir s'en offrir une dizaine de camping-cars ! Mais je lui réserve la surprise ! Il n'est absolument pas au courant de mes activités. S'il n'y avait que lui, nous ne mangerions que des épinards. Il faut bien que quelqu'un se charge d'y mettre un peu de beurre ! Le temps est venu d'aller toquer à la porte de la banque, et d'utiliser mon sésame. Coffre ouvre-toi ! J'ai assez attendu. La vieille ne survivra pas à ma désertion soudaine, alors il ne faut plus attendre. D'ailleurs le voici qui redescend de la salle de bain. Je me sens plus calme, et sereine, je vais pouvoir lui annoncer que demain…

— Te voilà ma chérie ! Ton bain est prêt ! J'ai ajouté les sels que tu aimes. Tu vas pouvoir te relaxer après tes 24 heures d'avion ! Quelle épreuve ! Enfin j'espère que les contrariétés rencontrées lors de ton voyage seront vite oubliées… Mais heureusement, tu vas être contente car j'ai une bonne nouvelle ! Je n'ai pas chômé en ton absence ! Puisque j'étais seul et que j'avais du temps libre, j'ai enfin fait du rangement ! Depuis le temps que tu me demandais de te faire plus de place dans le dressing. Voilà, c'est fait ! Je me suis enfin résolu à jeter toutes ces choses que je gardais, des souvenirs de jeunesse auxquels j'accordais beaucoup trop d'importance ! Tu avais mille fois raison, à quoi bon garder ces bibelots enfantins et cette boîte à chaussures ? Je ne sais même plus ce qu'elle contenait ! Je n'ai pas voulu regarder dedans de peur de changer d'avis au dernier moment ! Tu vas pouvoir récupérer plusieurs tiroirs pour ton usage personnel ! Je suis fier de moi ! Tu es contente ?

L'AVOCAT GENERAL

Je l'ai trouvé stressant ce procès. Je ne suis pas fâché de rentrer dans mes pénates. Où sont mes clés... Ah ! les voici ! Et maintenant, le trou de serrure... Mais pourquoi donc s'obstine-t-elle à toujours verrouiller la porte !

— Bonjour ma mie. Avez-vous passé une bonne journée ?

— Ah mon cher ! Comment vous dire... Je suis éreintée par cet après-midi de lèche-vitrines, si vous me permettez cette expression ! Pourquoi diantre, éparpillent-ils les boutiques de luxe ? J'ai dû emprunter des rues, quelque fois sordides, encombrées de jeunes gens de toutes les couleurs, habillés avec un goût ! Je vous passe les détails.

— Vous n'êtes pas sans ignorer ma chère, que dans ce quartier nous sommes exempts de cette fréquentation hasardeuse. De plus, dois-je vous rappeler également, que la résidence ressemble à un quartier de haute sécurité ? Alors pourquoi vous évertuer à fermer la porte à clé ? Vous savez pertinemment que cette manœuvre me pose problème !

— Mais mon ami, je vous l'ai dit cent fois, ça me rassure. Il y a tant de malfaisants, si vous me permettez cette expression, vous êtes bien placé pour le savoir, me semble-t-il !

— J'entends bien, mais rappelez-vous que l'ascenseur dessert exclusivement notre étage, qu'il ne fonctionne qu'avec notre propre clé, et qu'il arrive directement dans notre appartement. Alors, je vous le demande : pourquoi verrouillez-vous la porte du hall d'entrée ?

— Allez ! Nous n'allons pas nous chipoter pour une petite clé ! Vous avez bien réussi à entrer sans avoir recours à un serrurier !

— Pardonnez-moi. Je suis un peu fourbu, allons nous asseoir. Avez-vous trouvé la robe de vos rêves ?

— Oh vous savez, la robe de mes rêves est celle à laquelle je pense le matin ! Lorsqu'elle est dans mon dressing, elle a cessé de l'être. Mais vous avez raison, je ne suis pas mécontente de m'être donné tout ce mal pour l'obtenir. Lorsque je suis arrivée à la boutique, après avoir longé cette rue scabreuse, vous savez, pleine de jeunes bruyants et débraillés, si vous me permettez cette expression, je me suis littéralement effondrée dans un fauteuil. Il m'a fallu deux bonnes tasses de thé pour reprendre mes esprits. J'ai bien cru que je n'aurais jamais la force de faire un essayage ! Mais la vendeuse est si gentille, elle m'a été d'un grand secours vous savez, m'a bien encouragée et lorsque j'ai vu le résultat sur moi, je n'ai pas regretté mes efforts ! Sylvie ???

— Madame ?

— Voulez-vous avoir la gentillesse de nous préparer deux Americano s'il vous plaît. Je me suis bêtement assise, avant de les faire moi-même, et je serais bien incapable de me relever tant je suis épuisée.

— Oui Madame.

— Et, Sylvie ???

— Oui Madame ?

— Ne me refaites pas le « joke » de la semaine dernière ! Je vous le répète : il n'y a pas de Martini blanc dans l'Américano que diantre ! Du rouge !

— Biieen… Madame.

— Vous allez la traumatiser avec vos formules « so British », je vous l'ai déjà dit ! La voilà qui bafouille…

— Il faudra qu'elle s'y fasse ! Il paraît que c'est très à la mode ! J'ai entendu dire que lors d'une Party, si vous ne parveniez pas à glisser un mot anglais de temps à autre, vous risquiez de ne plus être reçus dans les salons. Vous rendez-vous compte mon cher de la portée de ces choses ? Il faut nous tenir au courant de l'évolution du monde si nous voulons garder notre rang.

— Voilà vos Americano Madame.

— Et les rondelles d'orange ! Vous avez oublié les rondelles !

— Excusez-moi my Lady.

— Edmond ! vous pensez qu'elle oserait se moquer de moi ?

— Pas le moins du monde Rosemonde, je pense au contraire qu'elle ferait tout pour garder sa place !

— Hum. A propos de personnel, vous ne devinerez jamais à qui j'ai téléphoné ce matin !

— En effet, je n'essaie même pas.

— Merci Sylvie ! Vous avez bien mélangé ?

— Yes my Lady.

— Oui bon, ça ira ! Et bien, j'ai eu la comtesse Saint-Pierre du Châtel au bout du fil.

— Cette bonne vieille Eléonore ! Comment va-t-elle ?

— Bien. Bien je crois. Elle a quand même extrêmement vieilli ! Si vous me permettez cette expression. Ça s'entend à sa voix. Vous me croirez si vous voulez, elle a pris à son service une fille en blue-jeans !

— Si vous saviez ce que je vois parfois au tribunal ! Les femmes que je croise sont parfois d'un négligé ! Vous n'en croiriez pas vos yeux ! L'accusée elle-même…

— Et vous n'en voyez que la moitié, vous êtes donc à demi choqué !

— Je vous pensais fatiguée, mais votre apéritif semble vous redonner assez de force pour faire de l'humour ! Douteux, qui plus est.

— Ah pardon mon cher ! Nous sommes entre nous ! Je me sens d'humeur coquine ce soir ! Où en étais-je donc ? Ah oui ! Elle se fait servir le thé par une fille déguisée en mécanicien ! C'est intolérable ! Elle a perdu tout sens commun ! Je pensais que la bienséance passait les frontières, que nenni. Je vais espacer mes appels. De plus, elle s'évertue à prendre l'accent australien, je n'ai rien compris à son charabia, si vous me permettez cette expression. C'est du pur snobisme

— Et vous parlez en connaissance de cause ma chère !

— Le suis-je ? Billevesée. Mais vous mon ami, comment s'est déroulée votre journée ? Ce procès qui vous tenait tant à cœur, quelle en a donc été l'issue ? Attention ! votre verre !

— Ah oui, pardon ! Et bien, je puis vous dire que je n'ai point brillé par ma clairvoyance. J'ai mené un réquisitoire à charge, car les éléments en ma possession me semblaient criant de vérité. Hélas, en entrant dans le prétoire, mon pied a malencontreusement ripé sur une petite marche...

— Ah oui toujours cette petite marche...

— Oui... enfin, bref ! mes papiers ont glissé et j'ai eu toutes les peines du monde à les remettre en ordre. Par conséquent, mon éloquence naturelle a durement souffert de cette fâcheuse maladresse. De plus, ce petit avocat commis d'office a fait merveille et a su émouvoir chacun d'entre nous.

— Même vous my dear ?

— Je l'avoue. Toujours est-il que la jeune femme a été acquittée faute de preuves.

— Allons darling, pas de sensiblerie ! Vous vous rattraperez j'en suis sûre ! A quoi ressemblait-elle cette pauvre enfant ?

— Mon dieu, à une jeune fille bien ordinaire, comme il y en a tant dans les faubourgs, ne sachant pas se tenir, habillée de façon à donner la nausée à un bonnet péruvien. Bref, aucun goût, on se demandait ce qu'elle faisait là.

— Je ne sais pas, elle attendait peut-être d'être jugée !

— Bien entendu !!! Je ne vais pas supporter longtemps votre ironie, Rosemonde ! J'ai subi un échec cuisant, cela n'a rien d'agréable !

— Ah pardon ! pardon ! Que voulez-vous, je crois que ma robe me rend d'humeur primesautière. Si vous rajoutez à cela la fatigue, et l'alcool... Je suis ravie, ravie, ravie, si vous me permettez cette expression, et il me tarde de vous la montrer !

— Ne faites pas l'enfant, c'est indigne, un peu de retenue ! Je ne suis pas d'humeur !

— Vous avez raison, je vais me reprendre. Mon attitude est too much, si vous me permettez cette expression. Sylvie ? vous pourrez débarrasser.

— Yes Madame.

— Vraiment Edmond, j'hésite entre la féliciter de son apparente adaptation, et la renvoyer sans recommandations !

— Allons, ne perdez pas votre bonne humeur. Me montrerez-vous cette merveille qui vous met tant en joie ?

— Oh le plaisir que vous me faîtes ! Je me glisse immédiatement dans cette petite chose ! Vous me promettez d'être honnête darling ?

Sans vous en dévoiler tous ses secrets, je crois qu'elle me sied à ravir.

Je ne voudrais pas lui ôter son plaisir, mais j'ai hâte de rejoindre mes appartements. J'ose espérer qu'il ne lui faudra pas trois heures pour enfiler une robe, si exceptionnelle soit-elle.

— Je suis véritablement las ce soir, pourriez-vous s'il vous plaît hâter tout cela ?

— Voilà, voilà, me voici, me voilà !

— ...

— Alors ? Qu'en dites-vous ? en voilà bien une tête !

— Combien vous a coûté cette... chose ?

— Un prix divinement indécent ! Pourquoi cette question ?

— Mais parce que vous ressemblez à ... Ce n'est pas possible ! Vous vous moquez !

— Mais vous semblez courroucé ? Vous n'aimez pas la couleur ? La vendeuse m'a affirmé qu'elle me flattait le teint !

— Mais vous ne pouvez pas ! Vous n'oseriez pas ? Ainsi vous vous moquez ? Vous dépassez les bornes Rosemonde ! Qui vous a dit ? Pourquoi vous acharnez-vous sur mon échec du jour ? Vos plaisanteries ont des limites ! J'aurais tout accepté de vous, mais pas ça ! Pas une robe rouge ! Pas ce soir ! Je n'y vois peut-être que d'un œil, mais je distingue parfaitement les couleurs, et ce soir c'est celle de la honte ! Si vous me permettez cette expression !

LES AVOCATS

— Alors là Denis ! Tu m'as épaté ! Pour l'une de tes premières affaires, chapeau bas !
— Merci Philippe, c'est gentil, je suis assez content de moi, je ne peux pas dire le contraire.
— Un beau succès ! Viens, allons boire une bière, il faut fêter ça !
— Je suis désolée pour toi et ta cliente…
— Ne t'en fais pas. Je prendrai ma revanche, et ma cliente ne mérite pas qu'on s'apitoie sur son sort. Je ne sais pas ce qu'elle cache, mais je ne la trouvais pas sympathique. Tiens, installe-toi sur la banquette, tu auras plus de place.
— C'est gentil. Je ne comprends pas pourquoi les tables et les chaises sont toujours aussi serrées. C'est pareil dans le prétoire, on ne peut pas circuler aisément. Dans les cafés, je veux bien que le but soit d'accueillir le plus de personnes possible, mais dans un tribunal ! Il y a toujours à peu près le même nombre de per-

sonnes ! Alors pourquoi est-ce si encombré ? Je déteste les chaises. Bien sûr c'est pratique, mais bon nombre d'entre elles ont les jambes qui dépassent et sont un vrai piège pour les pieds des gens, pour les miens en tout cas.

— Tu as raison, tu devrais leur faire un procès !

— A qui ?

— Aux chaises !

— Je sais ce que tu vas me dire ! Je suis trop gros !

— Mais pas du tout voyons ! Mais tu devrais quand même commander un déca plutôt qu'une bière ! Tu m'as l'air bien remonté !

— Ah je sais bien que tu te moques. Tu ne peux pas savoir comme c'est dur au quotidien de surprendre le regard des gens sur moi. J'ai l'impression d'avoir revêtu un imperméable huileux. Leurs yeux me frôlent, glissent sur moi. Jamais un œil franc ne s'attarde sur ma personne. Les têtes se détournent, je déclenche du dégoût sur mon passage. Mais ça, c'est dans le meilleur des cas ! Le plus souvent, on se détourne pour cacher l'envie de rire que provoque mon arrivée dans un magasin : « J'espère qu'il ne vient pas pour lui ! Qu'il cherche une idée de cadeau pour quelqu'un ! Car pour lui un sac poubelle fera l'affaire ! » Je les entends, tu sais ! Même lorsqu'ils ne parlent pas ! Je les entends penser. Quand j'ai affaire aux plus hardis, les quolibets fusent autour de moi : « Regarde, on dirait le bonhomme Michelin ! » ou bien : « Il pourrait être top model pour une marque de choucroute ! » Tu n'imagines pas jusqu'où peut aller l'imagination des gens lorsqu'il s'agit de faire du mal. Mais je crois que le pire, c'est quand je vois une mère de famille pouffer de rire et glisser un mot dans l'oreille de son gamin. Je me dis que ça n'arrêtera jamais, que le fil de la méchanceté ne se cassera pas, que la transmission de la grossophobie est en marche, que c'est inéluctable. Dès que je franchis la porte de mon appartement, je sais ce qui m'attends, mais quand je suis chez moi, c'est pareil, même si le jugement ne vient pas des humains, mais de mon miroir ! J'ai peu de meubles chez moi, je vis seul, je n'ai pas besoin de grand-chose, et bien qu'importe, je me heurte à la table, aux chaises ou au lavabo ! J'ai des bleus partout, même à l'âme.

— Tu es sûr de ne pas exagérer un peu ?

— Mais pas du tout ! Ne me dis pas que tu n'as pas remarqué les regards inquisiteurs, lorsque nous sommes entrés dans le café !

— Peut-être, mais il n'y avait pas forcément du mépris dans leurs intentions, ni de la moquerie !

— Tu as raison, il y a aussi parfois de la pitié. Tu trouves ça mieux la pitié ? Comment veux-tu que je ne me sente pas honteux d'exister ?

— Ah, non ! Tu ne peux pas dire ça ! Tout le monde a le droit de vivre, avec des kilos en trop ou en moins, un gros nez rouge, ou un pied au milieu du front, enfin !

— Mais ces gens-là s'ils existent doivent vivre le même enfer que moi. Les monstres n'ont pas leur place dans la société. Je vis au quotidien le racisme de la différence.

— Ne me dis pas que tu te compares à un blanc qui demande son chemin dans Harlem ?

— Bien sûr, je ne te demande pas de me comprendre, il faut avoir vécu un drame dans sa vie pour comprendre la misère humaine. Tu es grand, mince, avec un physique avenant, tu es toujours sûr de toi, on sent que tu plais. C'est facile pour toi d'évoluer dans la société, on dirait que tu avances dans l'existence en glissant, rien ne peut t'entraver, tout te sourit, la vie est une amie. On sent bien que tout est facile pour toi.

— Veux-tu une autre bière pour noyer ton chagrin ?

— Allez pourquoi pas. Avec une part de tarte, s'il vous plait Mademoiselle ! Ce n'est pas cela qui changera la donne. Mais je t'ennuie avec mes histoires, je ne sais pas pourquoi je te raconte tout ça. On ne se connaît pas si bien que cela.

— Je suppose que ça avait besoin de sortir. Tu as bien fait, c'est important de verbaliser. Avec tout ce qui est sorti, tu as certainement perdu cinq kilos ! Je plaisante ! Il y a des moments dans la vie, où une oreille attentive est le meilleur médicament qu'on puisse trouver. Et je sais de quoi je parle.

— Tu as déjà eu besoin de perdre du poids ?

— Non, plutôt de combler un vide.

— A quelle occasion ? Tu as perdu ton chat ?

— Non, ma fille…

— …

— Les choses étaient compliquées à cette époque avec mon épouse. On se disputait pour des broutilles comme souvent, et un soir le ton est monté d'un cran. Notre fille, bien entendu supportait mal ces disputes à répétition. Je le savais, je le sentais, elle le disait, je n'entendais pas. Ce qui me paraissait le plus important, c'était d'avoir raison, de remporter la victoire de la mauvaise foi, faire taire la femme qui était devant moi, qui me résistait, qui répondait, qui voulait avoir raison. Dans ces cas-là, certains cassent de la vaisselle, d'autres se saisissent d'un couteau et se retrouvent nos clients au tribunal. Moi, j'ai simplement crié plus fort, comme si un hurlement pouvait clore un débat, comme l'argument suprême de l'autorité masculine sur la femelle récalcitrante. J'ai été interrompu dans l'escalade de la violence verbale par le claquement de la porte d'entrée. Un bruit sec, brutal, définitif. Ma fille était au bout de ce qu'elle pouvait supporter de l'égoïsme de ses parents. Nous nous déchirions comme deux fauves dans la savane. Nous avions juste oublié que notre fille n'était pas un jeune lionceau, mais une enfant excédée par le spectacle pitoyable donné par les deux personnes qu'elle aimait le plus au monde. Elle était incapable de nous départager, de prendre parti pour l'un ou pour l'autre, et la neutralité lui a ordonné de fuir, très vite, très loin, hors de portée de ce carnage insupportable. Elle avait emmagasiné tant de bruits, tant de fureur, il fallait que ça s'arrête. Comme un volcan soumis à trop de pressions, explose, elle a jailli hors de l'enfer. Elle s'est précipitée dans sa voiture, comme un noyé lutte pour trouver de l'oxygène. Elle est allée très vite, mais n'est pas allée très loin. Les gendarmes sont venus nous prévenir. Sa voiture avait fait une sortie de route, elle allait manifestement beaucoup trop vite, elle avait 19 ans. Ma femme et moi nous nous sommes séparés. Je me suis retrouvé seul pour lécher mes blessures, dans mon appartement comme au fond d'une grotte, avec le sentiment d'avoir tué mon enfant. Je me serais laissé mourir comme un chien, si une greffière du tribunal n'était pas venue voir le motif de mon absence. Elle m'a doucement fait émerger de mon mutisme, simplement en m'écoutant. Une oreille attentive peut parfois changer le cours de votre vie. J'ai remonté lentement la pente. J'ai appris à combler le vide sidéral qui s'était installé en moi, et mettre en sommeil ma culpabilité. Maintenant, je ne vis plus « sans ma fille », mais elle vit « en moi ». On ne se quitte plus. Nous sommes apaisés tous les deux. Je sais qu'elle va bien, et moi j'ai apprivoisé ma douleur. Je ne te dis pas que je suis heureux tous les jours, mais la souffrance se maintient à un niveau acceptable. Et maintenant, chaque jour qui passe, le challenge est de la rendre heureuse, où qu'elle soit. Comment ? En étant heureux moi-même le plus possible. J'ai banni la colère de ma vie, et décompte les jours depuis ce moment funeste, comme ferait un drogué après une désintox, ou un alcoolique après un sevrage. Enfin tu vois ce que je veux dire. Et bien, je suis clean depuis 1974 jours. Si tu veux, je me sens un peu comme un malade en rémission. Voilà toute l'histoire. Tu vois, moi non plus je ne sais pas pourquoi je te raconte tout ça ! Ta confession a déclenché la mienne. On va se sentir tout léger, tu vas voir, même toi !

— Je suis tellement désolé, je ne sais plus quoi dire… Tu sembles toujours si sûr de toi, si détaché, on ne voit en toi que des solutions, jamais de problèmes, et pourtant…

— C'est parce que je suis un homme nouveau. Tu as devant toi celui que ma fille a façonné. L'ancien modèle n'était pas fréquentable. J'ai ressuscité de la mort de ma fille. Cela peut paraître une formule audacieuse, c'est pourtant la vérité. J'ai une dette envers elle. Je lui dois la résilience, le goût au bonheur. Finis les éclats et les outrances ! Juste la joie simple d'exister et de cohabiter avec mes semblables, telles sont mes devises.

— Je suis tellement honteux de mon discours de tout à l'heure ! Si j'avais su...

— Mais absolument pas ! Ne te flagelle pas ! A chacun son histoire ! Lorsqu'un drame survient dans la vie, on se dit : plus jamais je ne me plaindrai pour un petit bobo, il y a des choses tellement plus graves ! Et puis, tout cela ne m'empêche nullement de râler comme tout le monde après un rhume qui gâche la vie, ou un PV qui fait mal au portefeuille ! Ta douleur est hautement respectable, puisqu'elle te rend la vie impossible ! L'échelle du mal-être est personnelle. Tu trouveras toujours quelqu'un de plus malheureux que toi, et ça ne t'empêchera pas de souffrir. Mais si tu veux un conseil Denis, si tu veux voir un peu plus de lumière au bout de ton tunnel, tu devrais commencer par t'aimer toi-même. Réconcilie-toi avec ton image. Laisse un peu derrière toi les aprioris sur ce que tu renvoies. Essaie simplement de rentrer dans un magasin, par exemple, avec le sourire aux lèvres, l'assurance de celui à qui tout réussi. Pense à Napoléon menant ses troupes lors de la campagne de Russie. Bon, tu prends juste le début, le moment où il se croit invincible, où il sait que ça va être compliqué, mais où il est sûr de sortir vainqueur de l'affrontement. Parce qu'il y croit ! La vie est parfois une bataille à remporter. Commence petit, avec une petite boutique, puis tu t'attaqueras à une grande surface, avec la même conviction que ta place est au milieu de ces gens, avec tes différences, tes qualités et tes défauts. Tu passes devant le vigile en pensant : « Vous pouvez tous me regarder, je suis peut-être plus gros que vous, mais je m'aime comme ça. Je n'ai pas de tatouages cachés, pas de piercing sur le téton, ma particularité est visible, je n'ai rien à cacher, je suis un être humain au milieu d'autres êtres humains et ma vie à autant de valeur que la vôtre », et hop ! tu ressors avec ta baguette de pain sous le bras, et tu verras comme tu seras content de croquer dedans.

— Tu as raison Philippe ! Je vois bien le scénario. Je m'imagine acteur, je rentre dans un personnage et je joue la scène du mec sûr de lui.

— Je crois que tu as compris le principe. Et si tu es bon acteur, ton personnage va devenir réel, se superposer à toi et s'y confondre.

— J'ai hâte de commencer ! Je m'y vois bien.

— Bon, je t'ai donné l'idée de la baguette, mais tu n'es pas obligé de rejouer la scène dix fois par jour, et transformer ton appartement en dépôt de pains ! Tu peux varier les achats ! C'était un exemple !

— Oui, j'ai compris, arrête de me charrier ! Ecoute, je suis tellement content, je ne sais pas comment te remercier !

— Paie mes deux bières ! Ce sera moins cher qu'une consultation de psy !

— Avec grand plaisir !

— Tout le plaisir est pour moi. Je t'offrirai la prochaine consommation, lorsque tu me raconteras comment tu t'es débrouillé lors de tes pérégrinations commerciales.

— Quelle belle journée ! Je gagne mon procès, je gagne en confiance, et surtout je gagne un ami.

— Et moi, si je n'ai pas pu aider ma cliente, j'ai aidé un collègue. Le bilan n'est pas mauvais. Tu pensais avoir peu de valeur, et tu as pourtant embelli ma soirée. Tout le monde a toujours quelque chose à apporter à l'autre. Nous repartons chacun avec un petit plus. Aider, se faire aider, se rendre service, tu sais malgré les apparences, nous sommes tous dans la même galère. A un moment, il y en a un qui apprend à l'autre à ramer, et un autre qui indique la direction du vent. Nous sommes tous complémentaires, il faut juste être perméable aux émotions, regarder, écouter.

— Si tu savais comme je suis ému ! Qu'est-ce que j'ai fait de mon mouchoir… Le voilà !

— Ah ! Ah ! Tu as un mouchoir rouge ? C'est original !

— Oui… C'est comme un porte-bonheur ! Pour tout t'avouer, je savais que ma cliente porterait une robe rouge. J'ai d'abord trouvé ça déplacé, puis, devant son obstination à la porter, je me suis dit qu'il fallait que je sois raccord. Alors, comme je suis un peu superstitieux, j'ai décidé de porter du rouge, pour mettre toutes les chances de mon côté !

— Attends ! Tu dis « j'ai décidé de porter du rouge », il n'y a pas que le mouchoir ? Non ! Tu rougis en plus ! Ne me dis pas que…

— Si…

— Le caleçon ?

— Oui…

— Ah ! Génial ! Le jour où je vois ta cliente en jaune avec des petits cœurs bleus, je veux te voir en caleçon !

L'HUISSIER

— Ça va Vincent ? Ta journée s'est bien passée ? Tout le monde a été gentil avec toi ? Le juge ne t'a pas trop martyrisé ?

— Maman, j'ai 30 ans ! Je ne sors pas de l'école, Je suis un grand garçon ! Oui, ma journée s'est bien passée, non, le juge n'a pas été méchant avec moi, tout le monde a été très courtois, ne t'inquiète pas, tout va bien.

— Tiens, je t'ai préparé un en-cas, si tu as faim.

— Tu ne vas pas me faire le coup du goûter non plus ? Non, merci je n'ai pas faim. Je suis venu prendre une douche, et je ressors.

— Tu ne manges pas avec nous ? Tu sors avec qui ce soir ? Tu rentres tard ?

— Ecoute, je sais que c'est compliqué mon retour à la maison, mais ça ne va pas durer, ne t'inquiète pas.

— Mais non, tu peux rester le temps que tu veux ! Tu sais que tu es chez toi ici. Mais je m'intéresse à ta vie, c'est normal pour une mère non ?

— Bon, tu ne vas pas faire la tête non plus. Si ?

— Mais tu ne me racontes rien. Je ne sais pas avec qui tu sors. Elle est jolie ? Quand me la présentes-tu ?

— Maman...

— Déjà la dernière je n'ai rien su, et maintenant, tu fais encore des cachoteries ! Ce n'est pas drôle pour moi. Je ne vois personne de la journée, ton père me trompe avec la télévision, le boucher n'a pas une conversation hautement philosophique, et la postière ne s'intéresse qu'à la météo ! Alors si mon fils ne me parle pas non plus, je n'ai plus qu'à rentrer chez les Carmélites.

— Arrête ! Tu sais bien que je n'aime pas parler de ma vie.

— Elle est brune, blonde ? C'est une rousse ! Vincent, tu sais, je suis prête pour être grand-mère. C'est quand tu veux. Ça me ferait tellement plaisir !

— Maman, je suis pédé.

— Ah, ah, tu es drôle ! Tu vois quand tu veux, ce n'est pas difficile de parler à ta mère, je peux tout entendre ! Homo ! Elle est bonne celle-là ! Bon, arrête tes bêtises. Si ton père était là ! Arrête un peu ce genre d'humour, on pourrait t'entendre. Tu ne veux vraiment pas me dire avec qui tu sors ce soir ? Elle est laide pour que tu nous la caches comme ça ? Tu as honte ?

— Je vais prendre ma douche.

— Ah c'est toujours pareil avec toi, on ne peut jamais avoir une conversation sérieuse ! Tu peux prendre la serviette rouge, elle est toute propre !

— Non ! Pas la rouge !

— Ah bon... prends la bleue alors...

Je ne sais pas pourquoi cette fille a mis une robe rouge à son procès. C'est un coup à se faire condamner d'office, ne serait-ce qu'au nom du mauvais goût. J'ai l'impression de faire une overdose de rouge, de l'avoir eue en face de moi pendant des heures. Et le président qui voyait du sang partout ! Je ne veux plus voir cette couleur pendant un an au moins, le temps que mes yeux se reposent. J'ai la rétine en feu. Le cerveau aussi d'ailleurs, mais cette fois, c'est à cause de ma mère. Je ne sais pas ce qui m'a pris tout à l'heure. J'ai peut-être voulu provoquer une discussion, faire un électrochoc. C'est raté, je n'oserai jamais lui dire la vérité. Même à l'âge que j'ai, je n'arrive toujours pas à verbaliser. Elle se dit ouverte d'esprit, tu parles ! Il y a dix ans déjà, j'ai voulu leur dire, comme ça, entre le brie et la tarte aux pommes. J'avais voulu lancer la discussion sur les différences, l'empathie, je n'avais pas été original, j'avais inventé un ami de fac mal dans sa peau, pour qui le dialogue avec ses parents était compliqué. L'intérêt de mon auditoire m'avait gonflé d'audace. Avec force détails, je relatais ses déboires quotidiens, sa tristesse de se sentir incompris, puis enfin son attirance envers les garçons. Mes parents, attentifs, certainement sous le charme de mon éloquence soudaine, avaient pris fait et cause pour mon avatar, l'encourageant à travers moi, lui donnant même quelques conseils. Au terme d'une discussion bon enfant, voire chaleureuse, j'avais pris une grande inspiration, avant de dévoiler le subterfuge, quand mon père, me coupant dans mon élan, s'était esclaffé : « heureusement que ça ne nous arrive pas à nous ! » Le tout suivi d'un d'éclat de rire libérateur, qui fait résonner encore aujourd'hui mes tympans. Je me souviens nettement qu'à l'époque, il avait conclu par quelque chose comme « évite quand même de trop t'approcher, des fois que ce soit contagieux ! »

J'ai souvent pensé qu'avec le temps, les mœurs évoluant sans cesse, mes parents ôteraient leurs œillères. Mais, lorsque dans le quartier, le bruit a circulé que le fils du garagiste « en était », et que mon père nous a raconté sur le ton d'une bonne blague, que le mécano aurait préféré que son fils soit mort plutôt que d'accepter le fait d'avoir engendré une tapette, je me suis dit que mon coming-out allait attendre. Et lorsqu'il a conclu en disant que ça ne pouvait pas arriver à son fils, puisque celui-ci avait fait des études, j'ai entrevu la largeur du fossé à franchir.

Je viens donc de passer la trentaine, et mes parents attendent que je leur présente enfin une fiancée. Je soupçonne même ma mère d'avoir déjà choisi sa robe « mère du marié ». Pourtant, le temps presse, car j'ai rencontré l'homme de ma vie. Je devrais être au paradis, mais les feux de l'enfer me lèchent le orteils. Je redoute le moment où, inévitablement, il faudra que je les rende malheureux, afin d'accéder au bonheur.

— Ne m'attendez pas ce soir, je vais rentrer tard !

— Très bien mon chéri. Amuse-toi bien. Passe une bonne soirée. On se voit demain midi ?

— C'est ça, demain midi, mais pas trop tôt s'il te plaît.

— Comme tu veux. Disons midi et quart.

— J'aurais préféré treize heures…

— Ah non, ce n'est pas un hôtel ! Tu vas énerver ton père. Tu dois respecter les règles de la maison, après, ça le décale dans son programme télé. Tu n'embrasses pas ta mère ?

Encore une fois, je sors de la maison familiale contrarié. Le plus fort, c'est que ma mère doit l'être aussi. Est-il possible de vivre en bonne intelligence avec les gens qu'on aime ? Probablement pas avec ses parents, quand on a trente ans. Il est vrai, que je suis parti du cocon familial assez tard. J'avais entrepris des études de droit, et j'avoue que, malgré mon désir de voler de mes propres ailes, le gîte et le couvert assurés, me procuraient un confort appréciable. A vingt-cinq ans, j'ai pris mon indépendance. Mes parents semblaient soulagés de me voir partir, pourtant ma mère m'appelait tous les jours, et mon père s'invitait régulièrement, afin de vérifier que tous les équipements fonctionnaient sans fuites ni courts-circuits. C'est triste à dire, mais j'ai été obligé de jouer l'homme invisible, afin qu'ils arrivent à couper le cordon. Je me transformais en statue de sel lorsque la sonnette retentissait, et ne répondais plus au téléphone. Ce petit jeu n'a eu qu'un temps, et devant le retour des assauts répétés de l'un et de l'autre, j'ai pris la décision de partager l'espace avec un colocataire. L'effet a été immédiat. Ne se sentant plus « chez eux », l'invasion a cessé séance tenante. Hélas, ils n'ont pas été les seuls à souffrir de cette nouvelle situation. Mon coloc s'est vite révélé envahissant. Sa zone prédéfinie dans le réfrigérateur débordait régulièrement sur la mienne, son passage aux toilettes relevait du Kärcher, il empruntait parfois mes pulls en cachemire, moi qui apporte un soin frôlant la névrose, à mes affaires. De plus, il régnait dans l'appartement, une vague odeur de chaussettes douteuses, à croire qu'il en dissimulait sous les meubles, lorsqu'il rentrait du sport. Enfin, son goût prononcé pour les addictions en tout genre a eu raison de mon penchant pour le calme et la méditation. Déménager aurait pris trop de temps, alors j'ai fui. Mon retour précipité chez mes géniteurs a été diversement apprécié. Bien sûr, ils étaient ravis de mon retour, mais très vite, j'ai senti que le décalage horaire entre nous serait une cause de divorce. Lorsqu'une audience traîne en longueur, j'avoue que la perspective d'un lendemain aux horaires élastiques, me sied à merveille. La jouissance du célibataire se niche parfois dans une grasse matinée égoïste et sans contraintes. Hélas, c'était sans compter sur le tonitruant « p'tit déj ! » de ma garde-champêtre de mère, qui à 8 heures précises, dérouille ses cordes vocales et entre dans ma chambre, afin d'ouvrir les rideaux, pour, selon elle, ne pas « perdre une minute de cette merveilleuse journée que Dieu nous offre ». Ce rituel existe, que je sois rentré la veille à vingt heures, comme à minuit. J'ai beau protester contre cette manœuvre militaire, elle prétend que c'est pour mon bien. Imparable ! « Sinon tu vas être décalé sur l'heure des repas… »

Tous ces bons sentiments, toute cette bienveillance me tuent à petit feu. Heureusement que j'ai des projets. De grands et beaux projets. C'est ce qui me porte, me maintient la tête hors de l'eau. Je suis amoureux comme un fou. J'ai rencontré un garçon formidable. Il est beau comme un dieu grec, d'une gentillesse inépuisable, tendre à croquer. Quand je suis dans ses bras, je crois que je pourrais mourir de bonheur, tant ce sentiment m'étouffe. Sa peau a fondu sur la mienne, son odeur a été créée pour moi, son image s'est imprimée sur ma rétine, sa voix sur mes tympans. Quand il sourit, les nuages s'estompent, le soleil balaie de ses rayons toutes les ondes négatives. J'ai dans ma bouche, le goût de son corps. Lorsqu'il s'éloigne de moi, l'air devient pollué et l'eau de source a la saveur du vinaigre. J'ai rencontré Rémi par hasard, dans un bar où je vais parfois boire un crème après une audience. Il discutait avec le barman au comptoir. Dès que je l'ai vu, j'ai été hypnotisé par son aura. Il buvait son café par petites gorgées sensuelles, tout en poursuivant sa conversation. A un moment donné, sentant probablement mon regard sur lui, il a tourné la tête. Je n'ai pas pu détourner le regard, je ne voulais rien perdre de ses réactions. Il a soutenu le mien un instant, puis sans crier gare, s'est saisi du verre de vin qu'un consommateur avait laissé là, le temps d'aller fumer une cigarette, et l'a vidé d'un trait. J'étais sidéré, et tétanisé à l'idée que le fumeur ne revienne au comptoir. Il s'est dirigé vers ma table, et tout simplement m'a dit : « Je crois qu'on devrait aller boire un verre ailleurs ! ». Nous avons ri tous les deux en même temps, et nous sommes enfuis comme des collégiens qui auraient tiré une sonnette pour faire une blague. Nous avons marché longtemps sur le trottoir, en oubliant de nous arrêter dans un bistrot. Depuis ce jour, nous faisons connaissance avec gourmandise, maudissant les moments de séparations, et jouissant l'un de l'autre sans modération. Il est aussi blond que je suis brun, et c'est bien là la seule différence entre nous. Nous nous connaissons depuis quelques mois à peine, et déjà, notre complémentarité ferait croire à un vieux couple fusionnel. Nous parlons la même langue, finissons parfois la phrase de l'autre, ce qui a le don de nous stupéfier et nous réjouir. Je me surprends parfois à sourire, lors d'un procès, à un moment où justement, l'hilarité n'est pas de mise. Je dois me contrôler sans cesse, et chasser son image, mais la chasser, c'est encore le chérir. Je viens de rencontrer l'amour, le vrai, le fort, le fou, l'obsessionnel, celui qui ne supporte aucune contrainte, aucune mesure, aucune limite. Nous allons vivre ensemble, c'est un fait, une évidence, une urgence. Il veut que je rencontre ses parents : « Ils vont m'adorer ! » Il veut rencontrer les miens... Il ne veut pas de secrets, il veut vivre libre, sans raser les murs, au vu et au su de tous...

C'est peut-être la seule ombre au tableau. J'ai essayé de lui dire que mes parents allaient probablement être moins euphoriques qu'il ne pense. Il répond que c'est moi qui mets des barrières, que c'est dans ma tête, que je ne m'assume pas totalement. Moi je crois que les barrières sont des fortifications édifiées par Vauban lui-même, et que mes parents sont calfeutrés derrière. Bref, la balle est dans mon camp. Nous allons vivre notre amour ensemble, dans un joli petit nid douillet, mais le mot de passe pour y pénétrer, c'est la bénédiction parentale.

Je sais que mes essais antérieurs ont avorté, mais je sais aussi que je suis le dos au mur du château-fort, et que le passeport vers le pont-levis se trouve dans ma motivation. Je suis tout seul dans mes baskets quand je pénètre ce midi dans la salle à manger familiale. Dedans je suis en béton armé, dehors le plâtre s'effrite. J'essaie de me donner une contenance, je feins la jovialité, j'embrasse père et mère, et m'assieds à ma place. Il est midi quinze. C'est mon père qui rompt le silence :

— Comment va mon grand garçon ? Et ce procès dont tu nous avais parlé ? Quel en a été le verdict ?

— Acquittée.

— Ah je suis content pour elle, à son âge, on ne passe pas sa vie en prison !

C'est ma mère qui répond :

— Mais c'est idiot ce que tu dis ! Si elle est coupable, elle doit être punie, quel que soit son âge !

— Bien sûr, mais à vingt-trois ans, se retrouver enfermée entre quatre murs, dans neuf mètres carrés, tu ne vas pas me dire que c'est un avenir enviable !

— Mais si elle a tué quelqu'un, elle doit bien être punie tout de même !

— On voit bien que tu n'es jamais allée en prison !

— Mais, je n'ai tué personne ! Quoique certains jours, ce n'est pas l'envie qui me manque !

— Vincent ! Tu ne dis rien ?

— Comment ? Hein ? Pardon, j'étais ailleurs... Et puis vous n'avez pas besoin de moi pour relancer la balle,

Mon père reprend :

— Tu as l'air absent mon fils. Quelque chose te tracasse ? Tu peux nous confier ton souci tu sais ? Ta mère et moi, nous nous chipotons, mais si tu as des problèmes, nous sommes tes parents, nous sommes là pour t'aider.

— En fait, je vais redéménager.

— Ah bon ? Alors, tu as trouvé quelqu'un ?

— J'en étais sûre ! l'interrompt ma mère. Et c'est ça qui te coupe l'appétit ? Tu n'as pas touché à ton assiette !

Nous y voilà, il va falloir que je redresse la tête, et que je les affronte, les yeux dans les yeux.

— Ce n'est pas facile. Je ne voudrais pas vous faire de la peine. Et pourtant, c'est parti pour. Vous avez toujours été là pour moi, mais cette fois, je vous demande beaucoup, j'en suis conscient. Mais il s'agit de ma vie, c'est très important pour moi de partager mes émotions avec vous. Je sais que je vais vous décevoir, c'est certain, mais je dois en passer par là...

J'ai la bouche sèche, le cerveau en stand-by, je m'attends à une explosion nucléaire. J'ai appuyé sur le bouton, je ne peux plus reculer. Le décompte est en marche inexorablement. J'ai parlé d'un trait, sans respirer, et maintenant, je suis comme un noyé luttant pour sa dose d'oxygène. Je devrais continuer, aller jusqu'au bout, je ne peux pas m'arrêter là, c'est trop tard. Pourtant, les mots se mélangent dans ma tête, si je parle, ils vont sortir en dépit du bon sens. Je sens que je vais rougir, et rien que de penser à cette couleur qui m'oppresse, ... je vais imploser. Allez courage que diable, pense à Rémi ! Je m'imagine en haut du plongeoir de la piscine, celui qui m'a toujours terrorisé. C'est pour aujourd'hui, le grand saut, c'est tout de suite :

— Maman, papa, je suis amoureux !

Le silence qui suit est assourdissant. Je suis soulagé et triste en même temps, car je sais que la bombe est lâchée, et qu'elle va faire mal. Il n'y aura peut-être pas de morts, mais des blessés, et des dommages collatéraux. J'ai brisé quelque chose et rien ne sera plus comme avant. Alors, tout doucement, je me lève comme l'écolier qui va au coin. Les bras ballants, les épaules lourdes, comme si tous les péchés du monde y avaient trouvé place, je me dirige vers ma chambre. Ce silence est lourd de sens. Mon entrée en matière ne laisse pas de place au doute, ils ont compris, forcément, cette absence de réaction en dit long sur leur état d'esprit. Je ne sais pas si des cris et des larmes n'auraient pas été préférables. Je m'attends à chaque seconde qui passe, à être stoppé dans ma fuite, par le dégoût de mon père déversant son trop-plein de désillusion, et les lamentations de ma mère, se prenant pour une pleureuse d'enterrement.

Au moment précis où je pose la main sur la poignée de la porte, la voix de mon père traverse le vide cosmique qui emplit la salle à manger. Mais pas le timbre autoritaire que je connais par cœur, non, une tessiture mesurée, un ton feutré venu d'une autre planète, une onde amicale qui s'insinue dans mes conduits auditifs, comme du miel sur une gorge inflammatoire.

— Et comment s'appelle ton ami ?

Il a très légèrement insisté sur l'adjectif possessif, afin qu'il ne subsiste aucune ambiguïté. Je me retourne. Ma mère n'est pas dans le coma, comme j'aurais pu m'y attendre, elle a même un léger sourire aux lèvres. Mon père a le regard franc du prestidigitateur qui vient de réussir un tour de cartes. Je dois probablement ressembler à un saumon qui tente de remonter la rivière, car leur sourire s'accentue, et ma mère, joignant le geste à la parole, m'incite à reprendre place autour de la table.

— Comment vous...

— Mon chéri, ton père et moi avons beaucoup discuté ces derniers temps. Nous avons bien vu que tu n'étais pas heureux. Alors nous avons envisagé toutes les possibilités, réfléchi à toutes les pistes que tu nous avais tracées, aux petits cailloux que tu nous avais laissés. Et nous avons compris le pourquoi de ton malaise persistant. Ce n'était pas normal que notre petit garçon se mure dans le silence. Nous avons d'abord pensé que le problème venait de toi, comme beaucoup de parents, que tu avais des problèmes au travail, ou pire, de santé. Puis, nous nous sommes interrogés sur nous, sur notre attitude, nous avons cherché ce qui ne collait pas. Et nous sommes arrivés à la conclusion que nos certitudes avaient peut-être créé un mur entre nous, qu'au lieu de te protéger, nous étions en train de te rejeter. En tant que parents, nous te donnons le chemin à suivre, nous t'inculquons des valeurs, NOS valeurs, mais une fois adulte, nous devons respecter tes choix. Nous avons planté le décor, toi seul connais la voie qui est tienne.

Je sens que mes yeux se brouillent.

— Mais toi, papa ?

— Ecoute Vincent, par le passé j'ai dû dire des conneries, soyons francs. Mais tu sais, il y a des faits de société qu'on relaie de génération en génération, des vérités immuables, des choses dont on ne discute pas, qui sont établies. Et puis un jour, on ne sait pas trop pourquoi, on se pose une question, et on s'aperçoit qu'on n'a pas la réponse. Alors on réfléchit, on regarde autour de soi, on se rend compte que tout n'est pas blanc ou noir, qu'on est projetés dans ce monde, pétris de solutions taillées sur mesure. J'étais issu de ce moule, vautré dans ma zone de confort, et j'ai soudain compris que je risquais de perdre mon fils à cause d'un aveuglement crétin. En discutant avec ta mère, j'ai pris conscience que tu pouvais être différent de moi, ne pas avoir les mêmes aspirations dans la vie, et que tu resterais notre petit garçon quoi qu'il arrive…

Cette fois les larmes roulent sur mes joues, ma mère sort son mouchoir et mon père se détourne pour furtivement s'essuyer les yeux avec sa manche. La seconde d'après, nous sommes tous les trois serrés dans les bras les uns des autres, secoués de rires et de larmes confondus. Nous ne formons plus qu'un, comme jadis, où la tradition voulait qu'on célèbre le premier jour des vacances dans cette même position, en sautillant sur place. C'est ma mère qui rompt le charme, pendant que mon père se racle la gorge pour reprendre un semblant de contenance :

— Allez tout le monde à sa place ! Je vais chercher le dessert. Je t'ai fait une charlotte aux fraises, mais j'ai voulu rajouter un coulis de framboises, je suis sûre que c'est bon, malgré un visuel pas très réussi ! J'espère que tu aimes le rouge !

— C'est ma couleur préférée !

LA JUREE

J'ai toujours rêvé d'assister à un procès. Je suis une fan absolue des séries policières et des romans noirs. Lorsque j'ai reçu ma convocation émanant du tribunal, j'ai eu l'impression de toucher le gros lot. C'était inespéré. J'allais pouvoir pénétrer la bête et l'autopsier légalement. Bien sûr, il est toujours possible de faire son entrée entre deux gendarmes, mais cette option ne fait pas parti de mon éducation. Il paraît qu'il ne faut jurer de rien, et que monsieur ou madame tout-le-monde peut un jour ou l'autre avoir affaire à la justice, mais à priori, disons que je ne me sens pas éligible au statut d'assassin.

La première surprise passée, et l'euphorie redescendue à un niveau acceptable, je me suis demandée comment j'allais gérer mon emploi du temps. Non pas que mon métier m'accapare énormément, puisque je suis en arrêt maladie depuis six mois, mais je parle bien de la fatigue engendrée par les audiences, et la façon dont je vais pouvoir la domestiquer. Les grands poètes ont chanté « ma solitude » ou « ma liberté », moi je fredonne « ma lassitude » à longueur de journée. Elle chemine avec moi, met ses pas dans les miens, depuis qu'on m'a diagnostiqué ma maladie. Au début, j'ai cru que le médecin me signifiait mon arrêt de mort. Et c'était crédible, puisque je n'aspirais qu'à prendre la position horizontale. Il ne manquait plus que les côtés et le couvercle ! Mais d'après les examens, il s'est avéré que j'étais concernée par une forme chronique. C'est-à-dire, que de l'extérieur vous passez pour une personne normale, et à l'intérieur vous vous liquéfiez au moindre effort. Il suffit d'un peu de maquillage, et on vous trouve en forme, alors que vous ne rêvez que d'oreiller et d'édredon. Avant, je croyais connaître la fatigue, celle de fin de journée, qui s'estompe à la sollicitation d'une amie qui vous débauche pour un verre à l'improviste, le coup de barre après un effort, qui disparaît après une bonne douche. Mais j'ai découvert l'autre fatigue, celle qui vous terrasse trois heures après votre réveil, sans aucune raison apparente, celle qui vous propulse sur une chaise, alors que vous préparez le repas de vos enfants, celle qui vous laisse vidée, comme si en vous le syphon d'un lavabo se vidangeait brutalement. Bien sûr, au cours des mois, j'ai appris à concilier mes activités réduites à minima, avec les périodes de repos. J'arrive à organiser ma vie, de femme, de mère, de simple mortelle repoussant la grande faucheuse à grands coups d'espoir et d'optimisme. Le moral est chez moi une grande force, qui, avec le secours de la chimie, devrait prolonger ma petite vie terrestre. Il est vrai, que lorsque la marmaille vous accueille avec ses besoins basiques et enfantins, vous déployez facilement des trésors d'énergie insoupçonnés.

Cela fait donc six mois que la chimio pénètre mes cellules, et mon corps apprend à vivre avec. La fatigue est moins intense, et me permet d'avoir des journées à peu près normales, compte tenu de mon emploi du temps allégé. Mon travail me manque cruellement, les rapports sociaux également, mais c'est le prix à payer pour concentrer mes pauvres forces restantes sur l'essentiel : ma famille. Seule fantaisie que je m'autorise depuis peu : reprendre le sport à petite dose. C'est bénéfique pour le moral, et ça me permet de côtoyer des êtres humains, autres que la boulangère ou la factrice. J'ai même fait la connaissance d'une femme adorable, avec laquelle je partage le plaisir de confronter pudiquement nos problèmes, son couple pour elle, la maladie, pour moi. Rajoutons cette mission qui me tombe du ciel et qui va satisfaire ma curiosité, je suis surexcitée, et anxieuse à la fois. Vais-je être à la hauteur de la tâche…

La première journée s'est déroulée convenablement. Je n'ai pas été récusée, ce que je redoutais par-dessus tout, et je crois que j'ai bien repéré les différents protagonistes. Le juge ne sourit pas beaucoup, mais il est très professionnel avec nous, et cherche manifestement à nous mettre à l'aise. L'avocat général me fait peur lorsqu'il se déplace, les bras chargés de dossiers. Ses yeux sont doués d'une indépendance déroutante, et chaque fois qu'il s'approche d'une marche, chacun de nous prie, afin que les deux organes s'entendent sur la façon d'appréhender l'obstacle. L'avocat de la partie civile semble un peu détaché et n'échange que peu de mots avec sa cliente. D'ailleurs celle-ci, avec son air revêche, a l'air de faire l'unanimité contre elle. Je n'ai entendu que des commentaires déplaisants à son encontre autour de moi. Est-ce le fait qu'elle se présente à la Cour en jeans ? Je ne sais pas, en tout cas, on la penserait plus coupable que l'accusée ! Parce que celle qui est dans le box, paraît complètement déphasée. Elle semble ne pas comprendre ce qui se joue. Elle a l'air d'une pauvre enfant perdue. J'espère qu'elle va réagir, car je crains que la machine judiciaire ne l'écrase sans autre forme de procès. D'ailleurs, elle a complètement craqué tout à l'heure, et d'une drôle de manière. « Lucienne je t'aime » ... C'était glaçant ! Il faut qu'elle se reprenne vite, sinon, les ténors du barreau ne vont en faire qu'une bouchée. Je me demande si son avocat est à la hauteur ! Il ne lève jamais la tête, sauf pour regarder sa cliente, il bouscule des chaises autour de lui, on dirait un requin-baleine dans un banc de sardines. Ce n'est pas très gentil de dire ça, mais c'est quand même un peu la réalité. En revanche, j'ai remarqué l'huissier. Il ne fait pas grand bruit, sauf lorsqu'il annonce « la Cour » de sa belle voix profonde ! Mais je pense que c'est un gentil garçon, à sa façon de regarder les gens, de sourire à tout bout de champ... Il est discret et efficace, malgré une sorte de tristesse dans le regard. Ce doit être une personne très sensible dans la vie.

J'adore regarder à travers les individus. Il m'arrive de me tromper, mais en général je tombe assez juste. La séance a été levée, suite à la sortie surprenante de l'accusée, je dispose ainsi d'un moment pour me promener avant de rentrer chez moi. J'adore me balader dans la rue, regarder les gens vaquer à leurs activités, moi dont les miennes sont réduites à peau de chagrin. Quand on observe bien leur visage, peu d'entre eux exprime la joie de vivre. C'est très perturbant pour moi, pour qui l'avenir est incertain. J'ai parfois envie de me mettre à hurler : « Mais souriez donc ! Riez ! Ne perdez pas une seconde de plaisir ! Jouissez du moindre moment ! Cet arbre devant vous, qui a plusieurs dizaines, voire centaines d'années, ne vous donne-t-il pas envie de le regarder autrement ? Et ses feuilles qui frémissent à la moindre brise ne vous émeuvent-elles pas ? Ça vous paraît puéril ? Dérisoire ? C'est donc que vous ne pensez pas qu'on puisse vous retirer toutes ces merveilles bientôt ! On ne vous a pas promis l'au-delà dans une pauvre petite année ! Vous pensez pouvoir regarder la nature demain ? Dans une semaine ? L'année prochaine ? Vous avez le temps ? Etes-vous sûrs ? Et je parle de la nature, mais il y a vos enfants aussi ! Les verrez-vous grandir ? Pourrez-vous toucher leur visage demain ? Les serrer dans vos bras ? Leur dire que vous les aimez jusqu'à la démesure ? Le pourrez-vous ? ».

Théoriquement, le traitement mis en place devrait m'assurer quelques années de répit, s'il fonctionne convenablement, c'est-à-dire si j'en supporte les effets secondaires. Mais ça, j'en fais mon affaire. Je n'ai pas l'intention de me laisser abattre ! Le crabe n'a qu'à bien se tenir, je compte bien lui arracher les pinces ! Le problème, c'est que j'ai pris goût à la vie. Je me suis pris une bonne claque lors de l'annonce de la maladie, et depuis, j'ai enclenché la surmultipliée. Certes au début, j'ai paniqué, normal. J'ai organisé ma succession, tout bien rangé dans la maison, pour laisser la place propre et nette. Je ne faisais plus de projets, ou alors jusqu'au lendemain matin. Puis les nausées de début de traitement se sont espacées et aussitôt l'espoir d'allonger mon espérance de vie s'est imposé. Mon caractère volontaire a fait le reste. J'ai commencé à me projeter sur plusieurs semaines, plusieurs mois, et soyons folle, plusieurs années. Mais quelque chose a changé. Rien n'a plus la même saveur. Il y a des virus qui vous ôtent le goût et l'odorat, moi le combat contre les cellules invasives m'a ouvert les yeux, les oreilles et tous les sens. Je suis à l'affût de sensations nouvelles ou jusqu'ici ignorées. Le vent sur mon visage, l'odeur des fleurs, la vue de la mer, tout me ravit à l'extrême. Rien n'est anodin, tout est exception. Rien n'est banal, tout est miraculeux. Je suis comme l'aveugle qui développe d'autres dons, afin de palier son handicap. Je me sens éponge, et absorbe avec gloutonnerie toutes les merveilles du monde. Bien sûr, ce n'est pas gagné, je ne baisse pas la garde, même s'il m'arrive de douter du pouvoir de persuasion de l'humain sur la maladie. Par exemple, lorsque je marche, comme maintenant sur le trottoir, je me dis que tous ces passants vont continuer d'arpenter le bitume, le tableau sera le même, mais bientôt je ne serai plus dans le décor, et personne ne s'en apercevra. Et finalement pourquoi tant d'efforts ? Pourquoi ne pas laisser tomber, que peut bien changer mon départ anticipé de sur cette terre ? Une fourmi de moins au regard de l'éternité. Qui suis-je, petit tas de cellules, dont la moitié est détraquée, pour m'accrocher à quelque espoir de survie ? Bon, d'accord, on est peu de chose, mais j'en veux encore moi du plaisir ! J'en redemande de la joie ! Chaque jour gagné est une gourmandise, et je veux m'en gaver avant de m'avouer vaincue. Je veux m'engraisser de bonheur avant de nourrir la terre. Alors, regardez-moi bien les gens qui déambulent tristement le long de la chaussée, vous ne me voyez pas, vous m'ignorez, mais moi je vous observe, vous ne le savez pas mais je vous aime, et je compte bien faire partie de votre microcosme encore un bon moment ! Vous faites partie de mon petit moment sur terre que vous le vouliez ou non. Alors ça ne changera sûrement pas la face du monde, mais je me balade munie de mes armes secrètes : la banane et la joie de vivre. Et si d'aventure vous me croisez sur le trottoir, levez le nez, mon sourire je vous l'offre, en espérant qu'il déride un peu la grisaille de votre journée. Je suis comme ça ! Cadeau !

Trois jours ont passé, que j'ai mis à profit pour reprendre des forces. Au programme : un peu de rangement, une sieste, des câlins aux enfants, un bon livre, une autre sieste, un peu de sport, et de tendres moments avec mon mari. Mais je n'ai pas perdu de vue le procès. L'audience reprend ce matin, et je suis fin prête. Normalement, ce soir nous serons fixés. Et je fais partie de la décision finale, c'est très stressant, mais j'ai hâte de me faire mon opinion, et de la confronter avec les autres jurés. Pour l'instant, j'avoue que j'hésite encore. Mais les débats sont faits pour nous éclairer. Je me demande si l'accusée a repris ses esprits...

J'arrive au tribunal, bâtiment que je connais par cœur pour être passée devant, depuis ma plus tendre enfance, mais qui me procure toujours la même émotion. J'ai la même sensation devant une église. Dès qu'un monument a plus de cinq cents ans, je ne peux m'empêcher de penser aux hommes qui ont œuvré pour nous livrer de telles merveilles d'architecture. C'est donc avec respect que je traverse la salle des procureurs, ou mes petits talons résonnent sous l'imposante voûte en bois, dite en « carène renversée » du début du seizième siècle. Je m'installe à ma place, saluant d'un signe de tête mes voisins, et regarde la salle devant moi. Il y a plus de monde qu'à la première audience. Le bouche à oreille a dû fonctionner, et chacun attend impatiemment l'arrivée de l'accusée. Le murmure ouaté en fond sonore, me rappelle l'ambiance d'une rentrée scolaire, quand les élèves font des pronostics sur le nouveau prof principal. Je remarque au premier rang, un homme que j'avais déjà vu la dernière fois. Il a posé un carnet à croquis devant lui, et gesticule afin certainement, de retrouver son stylo, qui pour l'instant joue à cache-cache. Il se trémousse furieusement, marquant une légère inquiétude quant à l'absence de son outil de travail, lequel réapparait subitement dans sa poche de poitrine, à son grand soulagement. Un léger brouhaha se forme à l'entrée de la salle. J'aperçois un gendarme qui discute âprement avec, semble-t-il un auditeur importun. Le problème est résolu, le visiteur indésirable se dirige vers une autre salle, et le gardien de l'autorité reprend sa place. Mon regard est happé sur la droite, où un autre débat fait rage. Coté partie civile, l'entente n'a rien de cordiale. La fille de la disparue, à grands renforts de gestes, fait valoir son mécontentement auprès de son avocat, qui calmement ne s'en laisse pas compter. Il doit avoir des ancêtres britanniques pour afficher un tel flegme. Il lui tient la dragée haute, sans le moindre signe d'énervement, battant également des bras, avec toute la grâce que lui procurent ses grandes manches de robe noire. On dirait une parade nuptiale entre un cygne noir et un rapace en rut. Leur altercation est interrompue par l'arrivée de l'avocat général, qui cette fois, chose qui devait arriver, rate la marche de l'estrade qui mène à son fauteuil. Il se rattrape in extrémis, mais laisse échapper son dossier, qui se répand sur le parquet comme feuilles en automne. Les yeux furibonds roulant en tout sens, il ramasse ses feuillets et reprend son attitude hautaine, jusqu'à son siège, regrettant manifestement son omission à numéroter les pages. Brusquement, sur ma gauche une porte s'ouvre sur l'accusée qui fait son entrée dans le box. Les deux gendarmes qui l'encadrent prennent place de part et d'autre. Instantanément un silence de mort s'installe, et tous les yeux se posent sur l'apparition. Le temps semble s'arrêter pendant d'infinies secondes de sidération. Puis les chuchotements reprennent, et leur niveau sonore s'intensifie progressivement. Emilie Lamoureux arbore une robe rouge vif, qui semble-t-il, ne fait pas l'unanimité. Il est vrai que ce choix chromatique tranche radicalement avec le noir dominant des robes des magistrats, et le bois foncé du parquet. J'ai cette vision de la petite fille au manteau rouge, apparition de deux minutes, seule tache de couleur dans un film saisissant en noir et blanc, qui m'a beaucoup marquée. Et je sens que l'assemblée comprend en même temps que moi. Une accusée qui ose comparaître en robe de sang doit être sauvée. C'est un message subliminal que je crois décrypter. C'est à ce moment-là que la sonnette retentit, que l'huissier joue des cordes vocales, et que le président entre en scène. Il a compris, lui aussi, qu'il se passe quelque chose dans ce prétoire. C'est avec une voix très douce qu'il s'adresse à l'accusée, afin de s'enquérir de sa santé. Pourtant le réquisitoire de l'avocat général est inattendu et très sévère. Pour lui, manifestement la tenue de l'accusée est une preuve de culpabilité. Il a un compte à régler avec cette couleur, c'est indéniable. Malheur à la première personne qui se présentera devant lui en robe rouge ! L'avocat d'Emilie, en revanche est en verve, et semble galvanisé par cette audace. Pour lui, le rouge, c'est la force et la vitalité. Sa cliente l'a revêtu à dessein. Il y croit, et il gagne ! Elle est acquittée ! Le jury a été unanime. Nous n'avons pas bataillé très longtemps. Nous sommes tombés d'accord très vite, et c'est l'esprit serein que nous avons rendu notre verdict. Le président a levé la séance, le caricaturiste a rangé son crayon dans la poche de son veston, et la salle s'est vidée.

La jeune Emilie est vite repartie, l'esprit certainement tranquille, poursuivre sa vie solitaire. Elle va bientôt empocher l'argent du testament, mais est-ce plus important que la liberté ? J'aurais aimé lui parler, lui demander ses impressions, m'enquérir de ses intentions. Mais c'est impossible, et puis je dois respecter mon anonymat. Je me sens légère, j'ai bien apprécié cette mission citoyenne, somme toute assez simple. Mon intime conviction a été partagée par tous les membres du jury, c'est donc que la vérité a éclaté au grand jour. Cette petite robe rouge, qui a paru la mettre dans l'embarras un moment, (j'ai cru remarquer qu'elle regrettait son choix) s'est révélée porteuse de chance. Un peu comme moi finalement, mes globules rouges se portent à merveille, grand bien lui a pris de ne pas porter une robe blanche !...

LE CARICATURISTE

Moi, je l'ai décodée très vite la gamine ! Avec son attitude de petite fille effarouchée, elle peut tromper qui elle veut, mais pas moi ! Il y a des choses qui échappent au crayon, mais pas à mon œil exercé. Elle cache son jeu, c'est évident. Et puis sa sortie, son cri du cœur, ça ne ressemble à rien ! Pourtant, je dois dire que ça a marché. Chapeau l'artiste ! Elle a eu sa suspension de séance, et a pu en profiter pour affûter ses arguments. D'un autre côté, elle a raison, sans cadavre, il ne lui restait plus qu'à pousser ses pions. Et du coup mener le président par le bout du nez. Imparable ! Son stratagème a fonctionné à merveille, elle ressort libre comme l'air ! Et sa robe rouge ! Un coup de génie. Pour une fois, j'ai presque regretté de ne pas avoir prévu de crayon de couleur ! D'habitude une mine suffit, mais aujourd'hui, le tableau noir aurait peut-être mérité une tache de couleur. Tous les journaux vont en parler, et moi je vais présenter un dessin noir et blanc. Je suis dégoûté, mon papier ne va pas me rapporter grand-chose. Moi aussi, je me suis fait avoir, d'une certaine façon. Après tant d'années de métier, se faire avoir comme un bleu, pour un manque de rouge ! Je rigole intérieurement. Après tout, le noir et blanc, c'est ma signature, ma marque de fabrique. Mon talent n'a pas besoin d'artifice. Pas de quoi me mettre de mauvaise humeur. Et puis, question moral je suis au top. C'est que j'ai remarqué parmi le jury, une femme que je n'ai pas laissée indifférente. A plusieurs reprises, j'ai surpris son regard sur moi. Bien sûr, j'ai joué le jeu, j'ai résisté, je ne lui ai pas rendu son intérêt, mais maintenant que le procès est terminé, que la fille en rouge est acquittée, je vais pouvoir tenter ma chance. A mon avis, c'est du tout cuit. Elle me picore déjà dans la main, je n'ai plus qu'à conclure. Encore faut-il que je la retrouve parmi la foule qui sort du tribunal. Heureusement il est encore tôt, j'ai un peu de temps devant moi. Elle ne devrait pas être trop farouche, ces femmes-là ne résistent pas longtemps, je serai chez moi pour l'heure du repas, ni vu ni connu !

Parce que celle qui m'attend à la maison, manque cruellement d'humour. Cela fait dix ans que nous sommes mariés. Au début tout allait bien, les règles étaient simples, elle ne posait pas de questions sur mon emploi du temps, et moi je la laissais s'occuper de la maison à sa guise. Chacun restait dans ses compétences. Mais depuis quelque temps, elle pose des questions, et l'autre jour, elle a osé me faire remarquer que je rentrais tard ! Je ne sais pas quelle mouche l'a piquée, mais quand j'ai voulu la remettre à sa place, elle m'a menacé de partir quinze jours avec une soi-disant copine, pour je ne sais où. Elle m'a menacé ! Moi ! Le toupet ! Mais elle avait l'air sérieuse, alors j'ai décidé de faire attention. Je ne me vois pas rester une quinzaine seul à la maison ! Question repas, je peux toujours aller au restaurant, ou prendre un jambon beurre au bistrot, mais pour mon linge, mes chemises surtout, ça pose vraiment un problème. Et d'ailleurs, je me demande bien qui est cette copine qui lui met des idées subversives dans le crâne. Je vois bien qu'elle a changé ces derniers temps. Avant, pendant le repas, il nous arrivait de discuter d'un sujet quelconque, elle était toujours d'accord avec moi. Depuis peu, elle émet une opinion et, fait de moins en moins rare, son avis diverge du mien. Dans ces conditions, je ne vois pas l'intérêt de discuter. C'est sans doute depuis qu'elle va à la gym. Encore une lubie ça ! Madame a besoin de faire du sport ! C'est nouveau ! Pendant des années elle s'en est bien passé, et d'un coup, « c'est vital », comme elle dit. Je la pensais bien occupée avec le ménage, le repassage et la cuisine, mais voilà que subitement, elle trouve le temps d'aller à la salle de sport. Elle se disait fatiguée par les tâches ménagères, et finalement elle se rajoute de l'exercice. C'est à n'y rien comprendre. Je sais que j'aurais dû lui interdire de s'inscrire dans ce club, mais j'ai eu peur qu'elle s'en ouvre à son père. C'est un homme relativement fréquentable comme patron, mais comme beau-père, je ne m'y fie pas. Il est correct avec moi, mais serait bien capable de donner raison à sa fille. Je ne suis pas aveugle, lors des réunions de famille, je vois bien qu'il m'ignore, pour mieux plaisanter avec elle. Ma belle-mère n'en parlons pas, pour elle, je suis transparent.

C'était pourtant un mariage d'amour. Enfin, pour être honnête, j'étais sans emploi depuis un bon bout de temps, et j'avais repéré que le patron du journal local avait une fille. Je l'ai donc suivie un moment, puis invitée au restaurant. J'ai fait les choses proprement, sans précipitation, mais sans perdre de temps non plus. La môme n'avait pas beaucoup de conversation, mais était bien roulée. Deux critères essentiels pour fabriquer un couple heureux. Je l'ai fait rire grâce à quelques anecdotes croustillantes, amusée avec deux trois dessins, et j'ai demandé sa main dans la foulée. Le beau-père m'a proposé un poste au journal, afin d'éviter la honte d'accepter un gendre au chômage, le tour était joué. La belle ne brillant pas par son expérience amoureuse, et ne me sentant aucune propension au statut de moniteur, la nuit de noce consommée, je suis vite reparti m'encanailler avec mes copines de chez Lucette, haut lieu des plaisirs de notre bonne ville. Tout était à sa place, j'avais du boulot, une épouse ravie de jouer à la petite maîtresse de maison, et une paix royale. Apparemment, n'ayant pas gardé un souvenir mémorable de son dépucelage, mon épouse n'était pas revendicatrice du respect du devoir conjugal, ce qui me permettait le soir, après une journée éreintante de m'écrouler sans scrupules dans un fauteuil en dégustant une bonne bière, avant d'aller me coucher sans autre forme de contrainte. La vie telle qu'elle doit être vécue.

Mais voilà, depuis quelque temps, le vent souffle à l'envers. Pour une raison que j'ignore, ma femme émet des avis, fait des remarques et voit d'autres personnes que les gens que j'invite à la maison. Si je ne craignais pas de perdre mon boulot, je la remettrais à sa place, mais voilà...

Tiens ! Justement voici la petite jurée. Elle regarde de droite et de gauche, c'est probablement moi qu'elle cherche dans la foule. C'est drôle, son regard vient de croiser le mien, et elle continue de scruter les visages. Elle ne m'a peut-être pas reconnu au milieu de cette marée humaine. Je vais vite mettre fin à sa quête infructueuse, me présenter et l'inviter à boire un verre. La technique est bien rodée et infaillible. Je me munis de mon meilleur sourire et l'aborde. Bizarrement, elle semble surprise. Ah ! C'est une joueuse, j'aime ça ! Voilà qui est mieux, elle répond à ma présentation, me sourit, et accepte mon invitation. C'est dans la poche ! Je commande une bière, elle prend un café sans sucre, sans lait. C'est pas une rigolote, mais pour la suite des événements, ce n'est pas un critère rédhibitoire. J'aimerais placer mes pions d'emblée, mais elle se lance dans une série de questions sur la justice en général, et le procès en particulier. Elle doit me prendre pour le rédacteur du Code civil ! Si c'est sa manœuvre de rapprochement, allons-y, mais il ne faudrait pas que ça dure des heures, je suis minuté. Pour couper court à sa fringale de renseignements, je lui propose de faire son portrait. D'habitude, la réaction ne se fait pas attendre. La poupée est très sensible à mon coup de crayon. Machinalement, je tâte ma poche de poitrine, ce qui la fait beaucoup rire. Elle m'indique aussitôt que l'objet de mes recherches se trouve dans ma poche de veste. Mon sourire commercial se crispe légèrement, ce qui redouble son hilarité, et triple mon agacement. Il faut que je me reprenne. Je commence à griffonner sur mon carnet, tout en la faisant parler d'elle-même. Les femmes adorent parler de leur petite personne, c'est connu. Elle recommence à parler du procès et de ses protagonistes, décidément c'est de l'obsession. Puis, elle raconte son mari, ses enfants ; j'écoute distraitement. Enfin le sujet part sur ses cours de gym, activité récente qui lui procure beaucoup de satisfactions. Brusquement, je l'imagine en collants, et dois faire montre d'un trésor de concentration pour rester sur le portrait qui prend forme devant moi, alors que j'imagine ses fesses, délicatement moulées dans le lycra noir et élastique. Je me lance alors dans l'évocation de ma femme qui pratique également cette discipline, mais qui n'a probablement pas eu le temps de muscler suffisamment ses fessiers pour remplir harmonieusement son legging. Et j'ajoute en riant : « ça doit lui faire qu'une fesse, comme les vieilles, molles du derrière ». La jurée cesse de sourire et me regarde en penchant la tête, comme si elle s'apercevait de ma présence. Je regrette déjà mes propos. L'atmosphère vient de tourner à l'orage, le temps se couvre. J'avoue que ce n'était pas très malin de ma part, d'évoquer ma légitime. C'est certainement la raison pour laquelle cette femme, dont j'ai oublié de demander le prénom, a l'air absent subitement. Ça ne peut pas venir de ma blague qui était très bonne ! Quel idiot je fais ! Comment rattraper le coup ? Mon croquis est terminé et je l'exhibe fièrement. C'est facile, je suis sûr de mon talent. Elle le regarde à peine, et continue de me dévisager. Qu'est-ce qu'elle a ? C'est agaçant à la fin ! Bon, on a suffisamment tourné autour du pot, le temps presse, j'étends le bras, afin de toucher sa main. Très doucement, elle s'écarte, se lève et me sourit. Je reprends confiance, elle va peut-être prendre finalement la direction des opérations et me proposer d'aller à l'hôtel ! En effet elle prend la parole, mais ses propos sont loin d'aller dans le sens que j'attends. Elle souhaite me faire partager une anecdote amusante. Amusante, est le terme qu'elle emploie. Elle a rencontré une femme dans sa salle de sport, qui est devenue une amie. Se laissant aller à quelques confidences, cette amie lui a brossé un portrait-robot de son mari, qui bizarrement est caricaturiste pour le journal de son père. Et pour le coup, elle en a dépeint l'image assez réaliste d'un homme grossier, volage, et machiste. La question qui se pose est : « Etes-vous cet homme, et avez-vous de mauvaises pensées à mon égard ? Parce que si la réponse est oui, je n'ai rien à faire dans ce café avec vous. Le tableau décrit par mon amie est édifiant, et je vois qu'elle ne m'a pas menti ! Merci pour le café, et maintenant que je connais le personnage, je vais accepter le projet de voyage avec mon amie, bonsoir monsieur ».

Quelle audace ! J'ai essayé de l'attraper par le bras pour la retenir et lui dire ses quatre vérités, mais elle s'est dégagée et a cru bon de rajouter : « N'essayez pas de jouer les hommes, votre femme m'a confié que ce qu'il y avait de plus dur chez vous, c'est votre crayon ! »

Cette fois c'en est trop ! Mais pour qui elle se prend l'allumeuse ! Il ne me reste qu'une chose à faire : courir chez moi pour avoir une petite explication musclée avec mon épouse. Et elle va apprendre à ses dépens qui est l'homme de cette maison ! Mettre en doute ma virilité aura été sa plus grande erreur, et elle va la payer très cher. Je cours sur le boulevard à perdre haleine, monte les escaliers quatre à quatre, fourre la clé dans la serrure qui n'a pas intérêt à me résister, et pénètre en sueur et soufflant comme une forge, dans le salon. Et là… personne. Je me précipite dans la cuisine, je hurle son prénom… personne. D'un bond, je saute dans notre chambre… personne. La salle de bain, pareil, même spectacle de désolation. Pris de panique, je retourne dans la chambre et ouvre le placard à la volée. Dans un grincement de désapprobation, la porte cède sur des étagères désertées. Les pulls et chemisiers encore présents à l'appel ce matin, j'en jurerais, se sont fait la malle. Hébété, je retourne au salon, et remarque qu'il manque, ici une lampe, et là des livres. Je réalise enfin, que seules les affaires que je possède en propre, ont résistées au raz de marée. La panique me prend et je cours en tout sens dans l'espoir de trouver un mot, une lettre, une explication… rien. Dans les films, il y a toujours une enveloppe posée contre un vase, mais ce n'est pas de la fiction, c'est ma vraie vie, et il n'y a pas d'enveloppe, pas de vase non plus d'ailleurs. La petite garce, elle est partie, et pas en vacances apparemment. Alors un doute affreux me traverse l'esprit, comme une fléchette atteint le centre de la cible. Je ressors de l'appartement aussi vite que j'y suis entré, et me remets à courir dans la rue, sourd aux protestations des gens que je bouscule, aveugle aux priorités piétons, insensible au monde qui m'entoure. Moi qui ne suis pas un grand adepte de l'athlétisme, je crois que je suis en train de pulvériser le record du demi-fond. J'arrive au bas de l'immeuble, j'avale la volée de marches sur les chapeaux de roues, me rue sur la double porte qui claque dans mon dos, et pénètre dans le hall du journal, où haletant, les mains sur les cuisses en recherche d'oxygène, je m'aperçois qu'il y règne un silence inhabituel. Seul le sifflement de mes bronches en furie résonne dans l'espace où le temps s'est arrêté. Je suis entouré de mannequins, stoppés net dans leur mouvement, leurs yeux comme des billes, braqués sur moi. Puis au bout de très longues secondes, quelques rires étouffés fusent, et les chuchotements reprennent, pour atteindre leur degré habituel d'intensité. Je me redresse alors, et essaie de reprendre contenance, quand une voix s'élève et couvre le brouhaha.

— Mesdames et messieurs, l'édition du soir ne sortira pas en retard, notre ami, pour une fois est à l'heure !

J'ai, bien entendu, reconnu tout de suite la voix de stentor de mon beau-père, qui n'a pas besoin de forcer son talent pour s'élever au-dessus de la mêlée. Il reprend :

— Voyons le chef d'œuvre du jour.

Je distingue très nettement quelques visages hilares sur mon chemin vers le patron. Certains même se détournent à mon approche, ce qui n'est pas bon signe. Je sors mon carnet de croquis, et le présente à l'autorité supérieure. Il s'en saisit, le regarde à peine, le pose sur le bureau, et me regarde d'une drôle de manière. Je souris maladroitement, en vérité, je ne suis pas à l'aise dans mes boots. Il finit par dire :

— Le procès s'est bien passé ?

Je bredouille timidement un « oui », de plus en plus mal à l'aise.

— Vous y étiez ou vous avez dessiné sur ouï-dire ?

— Bah, évidemment que j'y étais !

— Alors, expliquez-moi. Nous sommes dans une petite ville. Tout le monde est courant de l'issue du procès. Mais plus que le verdict, un fait extraordinaire s'est passé, a traversé toute la ville à la vitesse d'un bruit de couloir. Même moi qui n'ai pas bougé de ce bureau, suis au courant de la chose, et vous, vous qui étiez sur place, aux premières loges, n'avez pas été foutu de relever ce dont tout le canton se gargarise ?

Je le regarde maintenant avec des yeux bovins, ne comprenant absolument pas où il veut en venir.

— Vous étiez déjà un piètre mari, un gendre abscons, mais vous êtes décidément un journaliste minable. Alors, vous allez ramasser vos petites affaires, passer à la comptabilité pour signer votre fin de contrat, et partir très loin d'ici, car personne ne vous retient. Ne me posez pas la question : oui vos papiers sont prêts, reste votre paraphe, et vous irez faire vos petits dessins ailleurs.

— Mais monsieur, j'habite ici, et...

— Le peu d'affaires que ma fille a eu la bonne grâce de vous laisser remplira deux ou trois cartons. Cela ne devrait pas vous prendre des jours pour libérer Mon appartement, me rendre Mes clés, et disparaître de cette ville qui décidément ne vous regrettera pas, si j'en crois les commérages, à part peut-être cette bonne vieille Lucette et ses hôtesses.

A force de prendre des coups, je sens que je sors de ma léthargie. Mais ça ne va pas se passer comme ça ! « Vous n'avez pas le droit de me virer comme un malpropre ! Je ne peux pas quitter ma femme comme ça ! »

— Vous faites bien d'aborder le sujet. Vous n'aurez pas à la quitter. Comme cela ne vous a pas échappé, elle est déjà partie. Les papiers du divorce vous seront transmis par mon avocat. N'hésitez pas à nous communiquer votre nouvelle adresse. Je crois que nous nous sommes tout dit, je ne vous retiens pas, je crois que vous avez votre valise à faire.

— Une minute ! Vous ne pouvez pas me virer sans raison !

— Ah, parce que vous n'avez toujours pas compris ? Tenez, reprenez votre torchon. Un enfant de cinq ans n'aurait pas osé présenter un tel gribouillage inexploitable. La robe, mon petit vieux ! L'inculpée se présente devant la Cour en robe rouge, et vous me pondez un dessin de daltonien ! C'est une faute professionnelle, ou je n'y entends rien ! Demain tous les journaux vont en faire leurs choux gras, car l'info se répand comme une traînée de poudre, et pour ma une, je vais présenter un scoop qui ressemble à un prospectus pour la semaine du blanc ! A votre avis, est-ce suffisant comme raison ? Je vous laisse votre carnet à croquis, vous pourrez toujours en faire des confettis. Je ne vous raccompagne pas, vous connaissez le chemin.

LUCIENNE

J'aime les jours comme aujourd'hui. Il a fait si chaud cet été. Tout alentour sonnait le sec : les brindilles sous les pieds des promeneurs, les cris des enfants, étouffés par l'air lourd. Toute résonance semblait réduite à quelques mètres. Le village, écrasé sous les vagues successives de chaleur, criait son envie de voir finir l'été. Et puis, le vent d'automne s'est levé, lentement, et de toute sa volonté a chassé les derniers lambeaux de chaleur, vers des contrées lointaines. Il a fait frémir les feuilles des arbres, comme si elles devinaient leur mort prochaine. De gros nuages lourds se sont mis à courir les uns après les autres, tantôt pressés, tantôt pesants. Mais nulle pluie à l'horizon. Aujourd'hui, seule une belle lumière de fin d'après-midi semble nous dire : « Je ne meurs pas, je m'endors, mais demain je serai là, plus forte, rajeunie. » Tout est calme ce soir, la fraîche tombe lentement sur les épaules des promeneurs, qui ont rajouté, pour certains plus fortunés, un col de fourrure à leur manteau.

Dans ma jeunesse, je rêvais souvent, en regardant passer sous ma fenêtre, les notables aisés, absorbés par quelque mission d'importance, moi qui n'avais que le souci de tenir leur maison propre et bien rangée. La vie était difficile dans ce temps-là. Je ne peux pas dire que j'étais malheureuse, nous ne vivions pas du même côté de la route, c'est tout. Je crois pouvoir dire que j'avais la confiance de mes maîtres. Trente ans au service de la même famille, tout le monde ne peut pas en dire autant. Mais la fidélité ne remplit pas toujours les estomacs. Oh, oui, mon Dieu, j'ai eu faim, plus souvent le cœur gonflé que le ventre.

Mais j'ai connu l'amour ! Le vrai, le grand, celui qui met du soleil dans la grisaille du quotidien. Dès que je l'ai vu, je l'ai aimé. Il avait été embauché comme chauffeur, c'était une bonne place ! A la moindre occasion, je courais vers le garage, et il abandonnait le lustrage de la limousine pour me prendre dans ses bras. Nous avions beaucoup de chance de travailler dans la même maison, nous devions ruser afin d'arracher quelques minutes d'intimité, mais c'était terriblement romantique. Nos patrons n'ont rien trouvé à redire. Du moment que le travail était fait... Ils ont accepté que nous nous mariions, et nous ont donné la permission d'aménager deux pièces dans une dépendance. C'était de bons maîtres. Mais très exigeants ! Le matin je me levais avant mon époux, car certaines tâches devaient être accomplies avant leur lever. Je devais remonter le chauffage, qui avait été économisé pour la nuit, vérifier toutes les pendules, c'était une de leurs lubies, et nourrir les chiens, qui dormaient dans le jardin pendant le nuit, été comme hiver. Au matin, les dogues avaient le droit de s'étirer langoureusement dans des bannettes confortables, bien au chaud, comme des princes. Chaque soir, je les lâchais dans le jardin, et chacun pouvait dormir tranquille, car comme on dit : « il était préférable de les tenir comme amis, plutôt qu'ennemis ». La nuit, le diable les habitait, le jour, ils se transformaient en agneaux reconnaissants de tant de confort et d'attentions. Puis, je m'attaquais aux travaux courants, traquant le moindre grain de poussière, repassant dentelles et cols durs, rangeant le désordre ici ou là. Et puis ma fille a pointé le bout de son joli petit nez rose, il fallait bien s'y attendre. Là, le problème s'est posé. Comment concilier le travail de domestique et le devoir de mère ?

Hélas la maternité n'a pas sa place chez les petites gens. C'était elle ou la porte ! Quel ultimatum n'a jamais été plus injuste que celui-là ? L'enfant d'abord bien sûr crie le cœur ! Mais si le travail vient à manquer, comment le nourrir, hurle la raison ! Alors ma chère petite chose est partie en nourrice, et moi, j'ai travaillé pour deux. J'ai remplacé la cuisinière, et parfois la nurse. Garder les enfants des autres, quand on vous oblige à vous séparer des vôtres, est la pire situation qu'il faut savoir accepter. Pendant ce temps, mon époux s'acharnait à mettre des économies de côté afin de préparer un avenir plus serein. Je voyais ma fille un dimanche sur trois, et chaque fois, je la regardais s'éloigner un peu plus. C'est déchirant de se dire qu'on travaille au bien-être d'un enfant, tout en détricotant le lien qui nous unit par nature.

Lorsque, l'âge venant, nous avons pris notre retraite, nous avions mis de côté un joli petit pécule, et avons pu nous acheter ce petit appartement dont nous rêvions. Bien sûr notre fille était trop grande pour s'installer avec nous, et je crois qu'elle n'en avait pas l'envie. Elle a rencontré son prince charmant, qui a défaut de l'emmener sur son beau cheval blanc, l'a mise dans un avion pour l'emmener jusqu'en Australie. Et puis les relations se sont effilochées, elle nous a vite reproché de l'avoir abandonnée, nous qui avions tout fait pour qu'elle ne manque de rien.

Un jour, mon cher amour m'a faussé compagnie, me laissant seule poursuivre cette vie terrestre, pour me devancer dans l'au-delà. Dès cet instant, j'ai compris la vraie nature de la créature que j'avais engendrée. Il ne restait rien du poupon que l'amour avait façonné. Il ne subsistait qu'un être cupide, qui me réclamait son héritage, avant même que mes yeux ne se ferment. Elle m'imaginait peut-être couchée sur un matelas de pièces d'or, moi dont les maigres besoins se satisfaisaient tout juste des revenus cachectiques dont bénéficient les domestiques trop vieux et trop usés pour arrondir leurs fins de mois. Pour rien au monde je n'aurais quitté ce logement si durement acquis. Mon tendre époux disparu, seul le petit bas de laine mis de côté pour le grand voyage autour du monde que nous avions prévu, me permettait de mettre un peu de beurre dans les épinards. Et chaque fois que je puisais dans cette réserve, ce n'est pas de l'argent que je prélevais, c'est une poignée d'amour que je retirais. Mais de quelle fortune parlait-elle ? Que savait-elle, cette ingrate, du dur labeur qui laisse les mains crevassées et le dos cassé ? Elle qui avait eu la chance d'étudier, à notre grande fierté, mais dont le caractère indolent avait encouragé l'oisiveté. A croire que le courage et la persévérance de ses parents s'étaient neutralisés dans ses cellules, pour créer le gène de la paresse ! Quelle déception, après tant d'abnégation ! Bref, le trésor caché qui la faisait tant saliver, représentait plus de sang et de sueur que de valeurs sonnantes et trébuchantes. Question de point de vue. Certes, combiné au prix de l'appartement, cela devait faire une somme rondelette. Pourtant, je me suis toujours refusée à concevoir cette manne financière sous forme de billets de banque, mais plutôt comme l'aboutissement du travail acharné de fourmis économes.

Puis Emilie est entrée dans ma vie comme un tourbillon de jeunesse et de joie de vivre. Elle représentait tout ce qui m'avait si cruellement manqué. Certes, elle avait plutôt l'âge d'être ma petite fille, mais le bain de jouvence qu'elle m'offrait, avait fini par gommer une génération. Moi qui m'étais engagée sur le toboggan de la vieillesse, elle avait interrompu le processus de glissement, et m'avait ramenée à la vie. Grâce à son enthousiasme, je refaisais des projets, chaque jour était une fête. Je retrouvais le bonheur de me lever le matin, et me couchais le soir, avec la satisfaction d'avoir vécu une journée remplie d'émotions nouvelles. Sa présence a réchauffé mon vieux cœur malmené. A travers elle, j'ai revécu des lambeaux de vie qu'il ne m'avait pas été permis de vivre. J'ai aimé pleinement cette amitié teintée d'amour. Chaque cellule de mon corps s'est nourrie de sa présence tendre et complice.

Je ne regrette rien, et lui pardonne d'avoir mis fin, si brutalement, à notre tandem baroque. J'ai bien vu que ma révélation lui avait brouillé les neurones. Elle non plus n'avait pas eu de jeunesse facile, et je suis heureuse qu'elle profite à sa guise des quelques valeurs que je lui laisse. C'est assez équitable, considérant le bonheur qu'elle m'a donné. Demain, si tout va bien, le notaire mandaté pour l'occasion, lui confirmera son statut de bénéficiaire. Tout cela est la faute de Ghislaine, qui a débarqué de son île sans crier gare ! Ma pauvre fille peut à présent méditer sur notre rendez-vous manqué. Mais je ne lui en veux pas. Ses années de petite fille séparée de sa maman ont dû peser lourd dans la balance.

Ma vie a été bien remplie. J'ai connu l'amour, la haine, la méchanceté, la concupiscence, la résilience et tous les courants qui vous poussent à tracer votre route. Le chemin s'est présenté ardu souvent, plus doux à gravir d'autres fois. Je ne regrette rien, d'autant que nous autres humains, avons la faculté d'enterrer nos peines sous nos joies. Et seuls les bons souvenirs surnagent parfois, même s'ils résultent d'une peine passée.

Je ne demande plus qu'à dormir maintenant que mon temps est terminé. J'ai droit au repos éternel, j'estime avoir rempli mon devoir de terrienne. Alors pourquoi faut-il qu'on me réveille ? Car ce soir, à l'heure où habituellement les grands fauves se dirigent vers le point d'eau le plus proche, où les oiseaux cessent de chanter, et où les humains se regroupent autour de l'âtre, la terre a tremblé au-dessus de moi. Un grondement a percé la torpeur du soir, et le sol s'est ouvert aussi soudainement que la Mer Rouge devant Moïse. Et j'ai revu la lumière traverser mes orbites béantes, ces rayons du soleil d'automne que je ne pensais plus revoir. Qui es-tu brave homme, œuvrant si tard à la recherche d'un tuyau usé à colmater d'urgence ? Moi, si souvent ballottée au gré des désirs des puissants, moi dont le crâne blafard, au rictus obscène, a roulé à tes pieds. Tu t'es courbé sur ce qui reste de moi, m'a soulevée de cette terre qui me digérait lentement. Tu as posé ta main protectrice avec ce respect qui m'a tant manqué de mon vivant. A n'en point douter, d'ici peu, il va y avoir du mouvement. Je jurerais que cette vieille canalisation rouillée et perméable va bientôt passer au second plan des préoccupations ouvrières. Ce petit jardin qui fut ma demeure pendant trois années, va dans peu de temps servir de théâtre aux gyrophares, dansant au milieu de képis et de combinaisons blanches, en quête de réponses quant à ma présence incongrue sous ce parterre de roses. A mon avis un déménagement se prépare, et sans doute une grosse surprise pour mon Emilie… Ma chère fille d'adoption, je t'ai pardonné, mais la justice fera-t-elle de même ? A un jour près ! Je crains fort que le notaire ne voit rouge…

7 — Emilie

 28 — Le juge

 39 — La fille

 49 — L'avocat général

 58 — Les avocats

 70 — L'huissier

 88 — La jurée

102 — Le caricaturiste

117 — Lucienne

La vie est un bouquet de couleurs,
Certaines sentent le malheur
Et d'autres, plus inspirées
Diffusent de la bonté.

Ceux qui sont moroses
N'y verront que du gris,
Pour tous les gens épris
Il n'y aura que du rose

Le rouge peut être violent,
Il est parfois brutal
Mais certainement vital,
Il ne laisse personne indifférent.

Je remercie Corinne Jano pour le temps passé à la relecture et la correction.

Merci Benoît Poisson pour ton aide précieuse et tes conseils d'auteur.

Un mot particulier pour Maître Nathalie Vallée, avocate au Barreau de Rouen, pour son éclairage et son œil professionnel.